JN307415

全国怪談　オトリヨセ

黒木あるじ

角川ホラー文庫
18779

怪談御国巡

怪談を集めていると、場所や地名の表記なしには説明できない話に時おり遭遇する。無論、それらを記載すべからずなどという規則はない。しかし話者の方は往々にして自身の正体が公になる、もしくは公になる可能性を含んだ情報の開示を好まない。おまけに私の本は全国に流通しているわけだから、どれほど詳細な地名を載せても場所そのものを知らない読者にとっては、どのような場所か想像が追いつかず、結果、怖さが損なわれてしまう可能性もある。

そんなわけで、場所や風土に基づいた怪異譚《かいいたん》というのはなかなか扱いが難しいのだ。

いっぽう、地域色が濃い怪談には独特の魅力があるのもまた事実だ。その地でしか成立し得ない、ご当地で語り継がれていく必然性を有した怪談は非常に怖くて味わい深い。

悩ましい。なんとかしてこれらの問題を解決できないものか。

そんな与太話を宴席で吐露していたところ、同席していた知人編集者から「だったら、いっそのこと全都道府県の怪談を紹介しませんか」と提案された。

なるほど、白地図を塗り潰《つぶ》すように都道府県それぞれの怪談実話を書き記していけば、もしかしたら自分でも気づかなかった地域性を再発見できるかもしれない。私はその場で快諾し、その後およそ半年以上をかけて、蒐集《しゅうしゅう》した怪談実話のなかから「ご当地怪談」を選《よ》りすぐり、時には追加取材を試みながらどうにか一冊に纏《まと》めあげた、というわけだ。

読者諸兄においては、馴染《なじ》みの土地は脳裏に思い浮かべ、未だ見知らぬ場所は想像を働かせながら本書をお楽しみいただきたい。そして読み終えた暁にはいま一度、自身の生まれ育った故郷への親愛と恐怖を噛《か》みしめていただけたなら、怪談屋冥利《みょうり》に尽きるというものである。

さて。

ではそろそろ、長くて冥《くら》い旅の支度をはじめようではないか。

目次

旅の宿

北海道

N氏が二十代の頃、北海道へバイク旅行に出かけたときの話である。

「新しいバイクを買ったんで、広い道をひたすら走りたくてね。若かったから金はないけど時間はあるでしょ。必然的に野宿を前提とした旅行になるわけ」

フェリーで津軽海峡を越え、道内へ入って以降は駅の待合室や公園のベンチで寝泊まりを繰りかえす日々。

幸い季節は夏のはじめ、予想していたよりも夜は快適に過ごせたという。

「そうは言っても、寒くて眠れない日だってあったよ。特に雨が降ると途端に冷えこむんだ。道の駅や漫画喫茶なんてない時代だから、雨風を凌《しの》げる寝床の確保はまさに死活問題でね」

その日は、とりわけ気温が低かった。朝から降り続く雨に加え、彼が走っていたのは浜風吹きすさぶ海沿いの道だったのである。

内陸の風景に飽き、気まぐれで進路変更した甘さを悔やんだものの、時すでに遅し。空はまたたく間に暗くなり、日暮れの寒さはジャケットを突き破って体を冷やしていく。

感覚の失《う》せはじめた指先に焦りながら、N氏は寝泊まりのできそうな場所を探して走り続けた。

「地図を見ても旅館はもちろんユースホステルの類《たぐい》すらない。これはもう風邪を覚悟しての野営か、どこかの軒先を借りるしかないと思った……ちょうどその時だったよ」

進行方向の浜辺に、建物らしき黒い影がぽつんと見えた。慌ててアクセルを吹かしながら近づいてみれば、影の正体はまさしく小屋であった。

小屋は木板を打ちつけた粗雑なものだったが、雨風さえ凌げれば造りなど問題ではない。荷台にくくった寝袋を摑《つか》むと、N氏は体当たり同然に扉を開けて転がりこんだ。

暗い室内は、潮の香りに満ちていた。

漁の道具を収納していたのだろうか、朽ちかけた棚には丸めた網が無造作に置かれている。床には砂だらけの海藻が散らばり、灰皿代わりと思《おぼ》しき錆《さ》びついたコーラの缶が部屋の隅に並んでいた。

濡《ぬ》れたジャケットを脱いで身体を拭《ふ》く。そうしている間にも小窓から見える空はどんどん黒味を増して、室内の闇がいちだんと濃くなった。天井から下がる裸電球をいじってみたが、灯《あか》りの点《つ》く気配はない。諦《あきら》めて、寝袋に潜りこんだ。

なに、野宿じゃないだけマシだ。夜が明けたら、すぐに走り出せば良いさ。

自分に言い聞かせながら寝袋のなかで目を閉じる。寒さで体力を消耗した所為《せい》か、まどろみを覚える余裕もないまま、彼は眠りに落ちた。

扉の軋《きし》む音で、ふいに目が覚めた。

寝袋に入ったまま戸口を確かめたが、扉はがっちりと閉まっている。気の所為だったかと再び目を瞑《つぶ》ったものの、眠気はすでに去っていた。

小屋の所有者がやってきたのかな、どうしよう。

追い出されるだけならまだしも、宿代と称して金銭を取られたりしてはかなわない。仮に所有者でなくとも、港町には粗暴な輩《やから》も多いと噂に聞いている。余所《よそ》者を袋叩《ふくろだた》きにして有り金を巻きあげるなど朝飯前に違いない。

耳を澄ませば、屋根を打つ雨音はずいぶんと大人しくなっている。揉《も》め事に脅えて一夜を明かすよりも、今のうちにバイクで走りだしたほうが無難に思えた。

そうと決まれば、善は急げだ。

さっそく寝袋から這《は》いだし、手探りで荷物をまとめる。

と、煙草とライターをポケットに捩《ね》じこんでいたN氏の背後で、ず、と何かが鳴った。

そろそろと振りかえって目を凝らせば、いちめんの闇に何かの気配が漂っている。雨音に混じって聞こえる息づかい。潮の香りとはあきらかに異なる生臭さ。

何だ、これは。誰だ、おまえは。

震える指でポケットをまさぐり、突っこんだばかりのライターを掴む。おそるおそる人の気配がしたあたりへ手を伸ばすと、大きく深呼吸をしてから火を点けた。

「わあああっ」

人が寝ていた。

正確には、かろうじて人間の輪郭を保っている、黒いかたまりが転がっていた。

軽石のようにぶつぶつと孔《あな》のあいた腕、小鼻を潰《つぶ》すほど膨れあがった頬。牡蠣殻《かきがら》よろしくただれた瞼《まぶた》の隙間から、白玉団子を思わせる濁った眼球がこちらを見つめていた。

「おぶぅ」

かたまりが声を漏らした途端、小屋の腐臭が濃くなった。

「叫びながら真っ暗な浜へ飛び出したところまでは、憶えています」

翌朝、N氏は防砂林の樹木にしがみついていたところを、地元の婆さまに発見される。

声を震わせながら昨夜の出来事を話すと、婆さまは呆《あき》れ顔で首を振った。

「あそこは鰊《にしん》番屋の小屋だったからなあ。ニシンが獲《と》れたころは浜に大きな屋敷があっての。傍らに建てられたあの小屋では、魚を加工したり壊れた網を直していたもんだよ……ただ」

突然の思い出話に戸惑うN氏へ、婆さまが向き直る。

「ときおり漁に出て船がひっくり返ると、波に攫《さら》われた者はかならずこの浜に流れ着いての。そんなときは引き取り手が来るまで、あの小屋に寝かせてたんだわ」

ぐずぐずになった屍体《したい》を。

話を聞き終えるや、彼はすぐに函館《はこだて》のフェリー埠頭《ふとう》まで戻った。

「だから結局、旅行は予定していた半分の行程で終了。まあ貴重な体験ではあったけど……もう一度味わいたいかと問われたなら、勘弁してほしいというのが本音だよね」

苦笑しながら、N氏は首をすくめて話を終えた。

昭和の話である。


【鰊番屋】

北海道では、一九五〇年代半ばまでニシン漁が盛んであった。地区の漁師をまとめる網元の家は「鰊御殿」「鰊番屋」などと呼ばれる豪奢《ごうしゃ》なもので、大規模な番屋になると漁業施設も兼ねており、ニシンが来る様子を確かめる天窓や、文中にあるような加工小屋まであったそうだ。

だが、かつては一大産業だったニシン漁も次第に漁獲量が減り、一九六〇年あたりにはすっかり廃れてしまった。現在では、商業施設などに二次利用されている建物を除けば、大半は解体されたか、廃墟《はいきょ》と化しているそうである。

北国のＵＦＯ

青森県

出版社に勤務する男性、Ｗさんが小学生のころの体験である。

当時、彼の一家は夏休みに父の実家へと里帰りするのが慣例になっていた。

「実家は青森県の外れにある港町でした。高速道路も今ほど整備されていませんでしたから、車で半日がかりの行程。長い道のりに飽きて、ふたつ下の弟は毎年ぐずっていましたね」

弟ほどワガママは言わないものの、Ｗさんも実は里帰りがあまり好きではなかったという。理由は、海で泳げないから。

先述のように実家は小さな港町にあった。海が間近にあるのだから海水浴を楽しめるかと思いきや、彼らは祖母から遊泳を固く禁じられていたのだそうだ。

「クラゲが出るがらな」

祖母はそのような説明を毎年繰り返していた。

だが、浜辺を父の車で通り過ぎるたび、波から逃げて遊ぶ余所《よそ》の子供たちを目撃しているＷさんにとっては、とうてい納得できる理由ではない。

「泳がなくとも海には行けるわけじゃないですか。ただでさえ何もないところでしたから、海が駄目となると裏山で虫を採るくらいしかないでしょ。子供には酷でしたよ」

そんな不満を漏らしつつ日々を過ごすなか、事件は起きる。


深夜、Wさんは傍らの気配で目を覚ました。

寝ぼけ眼をこすって周囲を確かめると、弟が無言でWさんを揺すっている。

「どうした、便所か。もう一人で行けるだろ」

問いかけても弟は首を横に振るばかりで、いっこうに口を開かない。よく見ればぼうっすら頬が上気し、鼻の穴も興奮に広がっている。やがて弟はすっくと立ちあがると、不審な態度に戸惑うWさんの袖《そで》をつかんで起こしはじめた。

「すごいの、いる。来て」

ようやくひとことだけ呟《つぶや》くと、弟は再び押し黙ってしまった。埒《らち》があかず、しぶしぶ袖を引かれるままに蚊帳《かや》をくぐって、弟の背中を追いかける。

軋《きし》む階段、廊下の電球、玄関先に置かれた花火を消火するための小さなバケツ。それらを横目に、Wさんはそろそろと足を進めた。

たどり着いたのは、庭に面した縁側だった。いつもなら夜中は雨戸を閉めるのだが、Wさんたち家族が訪れている期間だけは、ひんやりとした夜風を取りこむために開け放たれている。

「さっき、お手洗いに行ったらね。見ちゃったの」

小声で呟くと、弟は庭向こうの夜空を指した。月がない所為《せい》かひどく冥《くら》い。伸ばした指の先が夜に溶けている。

普段は喧《やかま》しいほどの虫が、今日にかぎってまったく鳴いていなかった。

「何だよ、何を見たんだよ」

Ｗさんの声にも弟は反応を示さず、まっすぐに庭を見つめている。おそるおそる、視線の先を追いかけて首をめぐらせた。

夜の空に、光が在った。

流星を思わせる尾を引きながら、幾つもの光がすいすいと飛んでいる。星ではない証拠に、光はえらく緩慢に動いており、その色も赤や紫、緑に黄色ととりとめがない。

「ねえ、あれって」

ＵＦＯじゃないの。

弟の声へ応えるように、光が増えた。その場でぐるぐる回転しているもの、トランポリンよろしく上下に跳ねるもの、波線を描くようにでたらめに飛びまわるもの。光はいずれも、てんでばらばらに動いている。

喜んでいるようにも、踊っているようにも見えた。

「空飛ぶ円盤を特集したテレビが盛んに放送される時代でしたから、私も弟も大興奮ですよ。見ちゃった、見ちゃった！　って囁《ささや》きながら手を取り合っていましたね」

父母を起こそうかと相談しているうち、光はひとつ、またひとつと姿を消し、五分ほどでもとの夜空に戻ってしまった。

「お父さんのカメラ借りれば良かったね」

「明日《あした》も出るかな、UFO」

兄弟は、興奮冷めやらぬまま寝床に戻った。ようやく冷静になって眠気に襲われる頃には、空がすっかり白んでいたという。


「あんたたち、いつまで寝てるの！」

母の怒声で二人は叩《たた》き起こされた。窓の外を見れば、空がすっかり昼色になっている。寝坊、空、昨夜の出来事。

「お父さん、お母さん、昨日ね！」

即座に思いだした二人は、布団から跳ね起きて昨夜の光景を両親に告げた。

しかし、父も母も真面目に取り合おうとはしない。母に至っては案の定「そんな遅くまで起きて、なに遊んでたの」と怒っている。

やっぱり、あの時に起こせば良かった。

お小言を受けながら自分のおこないを悔やんでいた、その時。

「見だがぁ」

祖母が、にこにこしながら二人の頭を撫《な》でた。

「ゆぅふぉ、ではねえよ」

きょとんとするＷさんの横で、父親が「あ」と声を漏らす。その表情を見て、祖母が再び微笑んだ。

「あれは、たましぃだ」

聞き慣れない言葉だった。

母に訊《たず》ねると、戸惑いつつ「死んだ人の事よ」と教えてくれた。

「あっちの空サ見だんだろ。んだら間違いね。向こうサあるの」

恐山《おそれざん》だもの。

呆然《ぼうぜん》とする兄弟の横で、父が「お盆だものなあ、だがら、海サ入っては駄目なんだ」

と、いつもは使わない訛《なま》りを口にした。

どこか嬉《うれ》しそうな表情であったのが、三十年以上経った今も印象に残っているそうだ。


【恐山】

青森県むつ市にある霊場で、宇曽利山《うそりやま》湖を中心とする外輪山の総称である。慈覚大師円仁が夢で見たお告げに従って開山したとされ、日本三大霊場のひとつに数えられている。「人は死ぬと山へ魂が帰る」という地域独自の宗教観が下敷きとなっており、それらをもとに派生した口寄せ巫女《みこ》「イタコ」の存在が広く知られている。毎年七月の大祭には死者の声を聞く「口寄せ」を求め多くの人が訪れる。ちなみに、イタコは恐山に常駐しているわけではなく、恐山の菩提寺《ぼだいじ》もイタコには全く関与していない。

かざぐるま

岩手県

システムエンジニアのKさんが「ちょっと奇妙な体験をしましたよ」と教えてくれた。

先日、彼は岩手県の内陸部にある町へ赴く事になった。

「取引先との打ち合わせが入りまして。急遽《きゅうきょ》、泊まりがけでの出張が決まったんです」

ところが近隣の寺が世界遺産に指定された直後とあって、観光客でホテルは軒並み満室だった。手あたり次第に宿を探し、ようやく郊外の民宿に空室を見つけた時は、すでに出張の当日になっていたのだという。

「今どきホームページもない宿でね。不安でしたが他をあたる余裕もないし、ひとまず予約したんですよ」

いざ到着してみると、民宿は想像より小綺麗《こぎれい》だった。外観こそ一般住宅を改装したのが丸解りだったが、館内はそれなりに清潔感がある。家族とおぼしき従業員も総じて愛想が良く、夕食の膳《ぜん》も値段の割には豪華であったという。

「おおむね満足だったんですが、ひとつだけ気になる事がありましてね。その家の子が、矢鱈《やたら》とうるさいんですよ」

客室で明日に控えた打ち合わせの資料を作っていると、ドアの向こうで子供の笑い声がする。何かと思い廊下へ出てみたが、小さな足音が曲がり角の向こうに聞こえるばかりで、人の姿はない。

そんな事が、何度かあった。

従業員の子供なのだろうけれど、仕事の邪魔をされてはかなわない。よほどフロントへ注意を促しにいこうかと迷ったが、結局は諦《あきら》めて布団に潜った。

「まあ、そのうち向こうも寝るだろうと楽観してたんです。事実、九時を過ぎる頃には静かになってましたから」

ところが、深夜になって廊下が再び騒がしくなった。

誰かが、とたとた、と駆けまわっているのである。足音の軽さから察するに、走っているのはやはり子供のように思えた。

携帯電話の時計を見れば、すでに午前二時を回っている。こんな遅い時間に小さな子を遊ばせる無神経さに腹が立ち、しぶしぶ寝床を抜けてフロントへ向かおうと部屋を出た。

「あれ」

暗い廊下の真ん中へ、シーツや掃除機がひとまとめに置かれていた。明朝に清掃するための準備なのだろうが、果たしてこんな障害物だらけの廊下を走れるものだろうか。

そう考えた途端、すこし怖くなった。

そっと室内に戻ると、再び布団を被《かぶ》って無理やり眠りについた。

翌朝、フロントで「昨日、子供がうるさくて」となるべく穏やかな口調で告げたところ、若女将《わかおかみ》らしき女性が「あら」と顔を綻《ほころ》ばせて微笑んだ。

「ウチの子、悪戯《いたずら》好きなんで。お客さん、気に入られちゃったんですかね」

若女将の言葉に、Kさんは内心ホッとしていたという。

「だって、お化けじゃなくその家の子供だって証明されたわけでしょ。安心したら怒りも消えちゃって。こっちも笑顔で宿をあとにしましたよ」

その安堵《あんど》は、翌日に覆される。

「異変に気がついたのは、出張から帰宅して、荷物を整理していた時でした」

衣服や書類をボストンバッグから取り出していたKさんは、バッグの底に転がっている赤いかたまりを発見する。手に取ってみると、それはプラスチック製の風車だった。

入れた憶《おぼ》えはないし、そもそもバッグの底にあったなら潰《つぶ》れるか壊れているはずである。

もしかして、あの民宿の子供が悪戯をしたのだろうか。

バッグはずっと部屋に置いていたはずだから、入れるとすれば食事や入浴で不在にした際に忍びこんだとしか考えられない。

さすがに防犯上まずいだろうと憤った彼は、すぐに宿へ電話をかけたのだという。

「ところがね」

電話に出た若女将は相変わらず「あら」と笑うばかりで、詫《わ》びる気配も恐縮している雰囲気も感じられない。

思わず「自分とこの子供の躾《しつけ》くらいしてください」と声を荒らげた途端、今度は若女将が素《す》っ頓狂《とんきょう》な声をあげた。

「あらら、お客さんてば知らないで泊まったのか。まあ、予約も急だったもんねえ」

言葉の真意が解らずに沈黙するKさんへ、若女将が再び笑いながら言った。

「ウチの子、人でないの。ここらでは座敷ボコって言うの。大丈夫、おっかなくないよ」

たまに、気に入った人のとこに遊びにいくだけだから。

「若女将は〝飽きたら戻ってくるんで、それまでの辛抱です〟なんて言ってましたけど、しばらくは何か視《み》るんじゃないかと気が気じゃなかったです」

幸い三ヶ月が過ぎた現在も、時たま部屋の中でかざぐるまがまわる以外に、おかしな出来事は起こっていないそうだ。

【ザシキワラシ】

岩手県を中心に伝わる妖怪《ようかい》または精霊のような存在。名前のとおり子供の姿をしており（おかっぱ頭で着物姿の童女という説が多い）、住んでいる家には幸福が訪れ、去った家は没落すると伝えられている。地域によって「コメツキワラシ」「ノタバリコ」「座敷ボッコ」など呼び名が異なる。金田一《きんだいち》温泉にある緑風荘や、盛岡市の菅原《すがわら》別館は「ザシキワラシのいる宿」として有名であり、宿泊客がザシキワラシを見たという話がよく聞かれるという。その特異性からか、文学作品にも数多く登場している。

廃ホテル　秋田県

会社員のFさんは平成になったばかりの頃、秋田県にある支社へと転勤になった。幸い、転勤先の同僚とは世代も近かったためにすぐ打ち解けて、休日も共に遊ぶ仲となった。これは、その頃の話だという。


連休を翌日に控えた、ある夏の夜。

彼は同僚ふたりとアパートで酒宴に興じていた。いわゆる「宅飲み」である。

他愛もないお喋《しゃべ》りを楽しみつつ、ふと点《つ》けっぱなしのテレビへ視線を向けると、なにやらおどろおどろしい雰囲気の再現ドラマが流れている。

「バラエティー番組で、心霊特集をやっていたんですよ」

番組に気づいた同僚の一人が「馬鹿くせじゃ」と笑う。それが引き金となって、幽霊はいるのいないのと話題が妙な方向へ転じはじめた。

「じゃあ、明日《あした》行ぐべ」

もうひとりの同僚がにやりと笑みを浮かべ、県内のO半島にあるホテルの名を口にした。そのホテルは昭和の終わりに倒産して以来、どういうわけか今に至るまで解体されぬまま廃墟《はいきょ》となっている。そこに「出る」のだという。

「女の幽霊が出るとか自殺者の声がするとか、県内ではずいぶん有名だったようです」

どうだ、明日。同僚が他のふたりを見回す。

肯定派も否定派も異存はなく、満場一致で出発が決定した。


翌日の昼過ぎ。

一行は、くだんのホテル跡がある温泉街をめざして車を走らせていた。

「本当は早朝に出発するはずだったんですが……待ち合わせ場所で全員が行き違ったり、満タンだったはずのガソリンが空になっていたりと、連続でケチがついたんですよ」

だが、いつもであれば興を削《そ》がれる奇怪なトラブルも、今回に限ればスパイスのようなものである。何かが起こるたび、車内はいちだんと盛りあがった。

「祟《たた》りだ呪いだと大騒ぎ。まあ……そんな強気も現地に着くまででしたけどね」

ようやく到着した頃には、午後の陽がずいぶんと傾いていた。

温泉街の駐車場へ車を停め、地図を頼りに林を歩く。表口へ通じる道は封鎖されていたため、裏手から侵入する必要があったのだという。

鬱蒼《うっそう》とした林の中までは西日が届かない。生い茂る葉の隙間から漏れる陽光に反して、足下にはすでに夜の気配があった。

雨あがりなのか地面はひどくぬかるんでおり、歩くたびに靴が嫌な音を鳴らす。海が近い所為《せい》で、時おり潮の湿っぽいにおいが鼻をくすぐった。そうしている間にも、太陽はどんどんと落ちていく。

「おい、まだか――」

歩き疲れ、苛立《いらだ》ちをこめて先頭の同僚に訊《たず》ねる。

「ここを抜けると、あるはずだ」

同僚が答えたのとほぼ同時に木立が開け、目の前に朽ちかけた白壁の建物が姿を現した。バス停に書かれた館名で、辛うじてここが目的地のホテルであると解る。

それほどまでに荒廃は凄《すさ》まじかった。

腐食した庇《ひさし》や雨樋《あまどい》には枯れた蔦《つた》が幾重にも絡まっており、その周囲に錆《さ》びついたドラム缶が放置されている。すでに自分らと同じ不届きな輩《やから》が幾人となく訪れているのだろう、外壁や舗装路、通路を塞《ふさ》ぐベニヤ板にいたるまで、あらゆる箇所に落書きが残されていた。

「何と言うか……建物の屍体《したい》みたいな感じでした。空はまだ明るいのに、建物の窓は塗りつぶしたように真っ黒なんです。あそこに入るのかと思うと、ぞっとしました」

ひるむFさんに構わず、同僚たちはどんどん進んでいく。慌ててリュックサックから懐中電灯を取りだすと、皆を追いかけた。

館内は、表よりも更にひどい有様だった。

窓はことごとく割られ、壁にはライターで炙《あぶ》った焦げ跡がほうぼうに残っている。崩落した天井を避けるように奥へ進むと、懐中電灯のおぼろげな光の彼方《かなた》に階段が見えた。

「ここを上った先の椅子に座るとな」

死ぬんだって。

何処で仕入れてきたものか、知りたくもない情報を同僚が告げる。信じたわけではなかったが、そんな噂のある場所にみすみす向かう気にはなれなかった。

「俺は、ここでいいわ」

怖気《おぞけ》を悟られぬよう無関心を装ったつもりだったが、同僚ふたりはにやにやと笑ってFさんを先頭に押しだした。

「そう言うなよ。ほら、行ぐべ行ぐべ」

背中をつつかれ、しぶしぶ一段目を上る。照らした先に血だらけの鳥の羽根が見えて、ますます気持ちが萎《な》えた。

二段目、三段目、四段目。枯葉や古雑誌を爪先で避けながら進む。

と、七段目を上りきったと同時に、Fさんは妙な抵抗を感じた。

誰かが、くい、くい、とシャツの裾《すそ》を引いている。驚いて思わず足を止めたが、すぐに「同僚のどちらかが驚かせようとしているに違いない」と考え直した。

このまま相手の思惑どおり怖がるのも癪《しゃく》に障る。

よし、逆にびっくりさせてやろう。

彼は一計を案じると、裾を引く感触に気づかぬ振りをして二、三歩進んでから、唐突に踵《きびす》をかえし、「ばあっ」と叫んで懐中電灯を背後に向けた。

「い」

子供がいた。

表情が読み取れないほどの速さで首をぶるぶると振っている、青白い子供がいた。

「どうやってホテルを出たのか明瞭《はっき》りしません。気がついた時には、痣《あざ》だらけで玄関を這《は》っていました」

玄関口では、同僚ふたりが煙草をふかしていた。聞けば、Fさんを驚かせてやろうと、こっそり忍び足で階段を去ったのだと笑っている。

「馬ッ鹿野郎、子供が、うしろに」

「解った解った、よっぽど怖かったんだな」

必死に今しがたの出来事を説明するものの、同僚たちはFさんが恐怖のあまり幻を見たものと決めつけて、まともに取り合おうとしない。

「じゃ、じゃあお前行ってこいよ、階段。絶対にいるから」

腹立ちまぎれに同僚へ怒鳴りつけた、その瞬間。

「もういないよ」

声につられて、全員が二階の窓を見あげる。

首が「くの字」に曲がった子供がこちらを見おろしていた。

「何度も転びながら必死で車まで逃げて、猛スピードでその場を去りました」

町の灯が見えても、誰ひとり口をきこうとはしなかった。

「……話題にしたら、アレが追ってくるような気がしたんですよ」

以降Fさんが本社に戻るまでの三年間、同僚ふたりは一度もこの話に触れようとはしなかったそうである。


【Oホテル】

二〇一〇年七月十七日付けの読売新聞にも、くだんのホテルに関する記事が掲載されている。記事によればホテルは一九六九年に開業。日本海を見下ろす絶景が人気だったが、経営不振に陥り、八一年に閉鎖されている。所有権は東京都の会社に移っているものの、連絡がとれないために解体ができないのだという。閉鎖後、雑誌などで「幽霊が出る」と紹介され、観光客が勝手に立ち入るようになったほか、暴走族が騒いで問題になったり、ぼやが起きたりした。近年は敷地内に入る人の姿はほとんど見られなくなったが、夏休み期間中などは見物に訪れる観光客がまだいる、と記事には書かれている。

鰹節奇譚

宮城県

きいで、けらいん（聞いておくれ）。

Oさんが病院へ見舞いに訪れた際、ベッドの上で母親が呟《つぶや》いた言葉である。

「八十を過ぎた母の遺言だと思い、静かに耳を傾けました。にわかに信じ難い話でしょうが、こういう人生とそれを育《はぐく》んだ土地があるのだと、ぜひ多くの方に知ってほしいのです」

そんな彼の願いを受けて、御母堂が語った内容をここに記す。


彼の母、Mさんは宮城県のK市という港町に生まれた。現在はフカヒレが名産となっているK市だが、Mさんの幼少時は上物の鰹節《かつおぶし》で知られる町であったそうだ。

「今のように鮮魚を全国に流通できるような時代ではありませんから、乾物の技術が発達したらしいです。町中に鰹を燻《いぶ》す匂いが漂っていたと、母は言っていました」

鰹節で栄える家があるいっぽう、その恩恵に与《あずか》れぬ家も当然存在する。

Mさんの家もそのひとつだった。船を持っていないため、一家は海苔《のり》を干して市場で細々と売るほかに生計を立てる術《すべ》を持たなかった。海沿いゆえに戦中でも餓えはしなかったものの、生活は決して楽ではなかったそうだ。

そんな父母を手伝い懸命に暮らすなか、Mさんは悲しくなると兄の言葉を思い出して自分を励ましたという。

十以上も歳の離れた兄は当時、兵役で南方へ赴いていた。

「戻ってくる時には勲章をいっぱい下げて、お大尽になって帰ってくるからな。そうしたらお前ェ《め》にも好きなものを買ってやる。綺麗《きれい》な櫛《くし》とか着物とか、何だっていいんだぞ」

別れ際に兄と交わした言葉を、幼いMさんは素直に信じていた。

大人が口にしている「戦争」がどのようなものかはよく解らなかったが、自分も家族も幸せにするのだと疑いもしなかった。

嘘だった。

兄は、紙切れ一枚になって帰ってきた。

航行中に船ごと沈められたため、遺骨さえ戻ってこなかった。

「当時はおおっぴらに戦死を嘆く事が許されなかったため、母は朝方に防空壕《ぼうくうごう》へ忍びこみ、ひっそりと泣いたそうです」

終戦を迎えると、一家の生活はさらに困窮をきわめた。しばらくは家財や食器を売って凌《しの》いだが、それも限界がある。

終戦の翌年、Mさんは本家筋の未亡人のところへ奉公に出された。

「母は〝あねはん〟と呼んでいました。大奥様のような意味合いらしいです。ずいぶん商才に長《た》けた方だったようで、夫が亡くなってすぐに本家を立て直したと聞いています」

あねはんもまた、鰹節で財を成した人物だった。Mさんが奉公している間も、鰹節にカビをつけるための「ムロ」と呼ばれる部屋がふたつばかり増設されたほど、その隆盛は凄《すさ》まじいものであったという。

人にも己にも厳しいあねはんだったが、不思議とMさんには時おり優しい顔を覗《のぞ》かせた。他の奉公人の目を盗んでは、駄菓子やおむすびをたもとにこっそり入れてくれる事さえあったという。

「東京から嫁いで顔なじみが少なかった寂しさに加え、子供に恵まれぬまま夫を亡くした事も関係していたのかもしれないと、母は感じていたみたいです」


そんなある日、Mさんは仙台へ使いを頼まれる。

得意先の大店《おおだな》へ、数日をかけて挨拶《あいさつ》に回るという大役だった。

「なんも難しく考えないで。粗相さえなければいいから」

あねはんはそう言うものの、はじめての一人旅に緊張するなというほうが無理な注文である。日が迫るにつれ、Mさんの眠りはどんどん浅くなっていった。

旅の前夜であったという。

相変わらず眠れぬままに枕を眺めていた彼女の耳へ、男の声が届いた。

聞き慣れぬその声は、鰹節が並べられている「ムロ」から響いているようにしか思えない。

鰹節は温度管理が要《かなめ》であるから、ムロの開閉もきっちり時間が決められていた。こんな夜更けに人が居ようはずもない。そもそも湿度の高い鰹節の部屋でお喋《しゃべ》りに興じるような酔狂は、この屋敷に居ない。

もしかして、泥棒か。

子供がどうにかできるはずもないのに、Mさんはその時泥棒を退治してやろうと考えた。部屋をそっと抜け、あねはんの喜ぶ顔を想像しながら廊下を進むと、怖気《おぞけ》を振りはらって一気にムロの扉を開けた。

「誰だっ」

無人だった。

埃《ほこり》っぽい臭気がむわりと漂う薄暗いムロには、誰の姿もない。

気の所為《せい》かと扉を閉めかけた瞬間、あの声がした。

「つれてけ」

怖さより、驚きが勝った。鰹節しかない部屋で聞こえたとなれば、声の主は鰹節という事か。自分の考えに思わず「そんな莫迦《ばか》な」と呟きが漏れる。

しばらくの間、彼女はその場に立ち尽くしていたが、やがてムロの真ん中へそろそろ足を進め、一本の鰹節を手に取る。

本来ならば自分が触れて良いようなものではないし、ましてや勝手に持ち出したなどと知れたら屋敷を叩《たた》きだされても文句は言えない。しかしどんな気まぐれであったのか、Mさんはそのまま鰹節をたもとに隠すと、旅に持参するリュックの底へ詰めた。

そうそう腐るものじゃなし。帰ってきてからそっと戻せば良いさ。

自分に言い聞かせながら目を瞑《つぶ》る。不安は、いつの間にか消えていた。

翌日。仙台に着くなりMさんは町の華やかさにたいそう驚いた。

はじめはお祭りでもおこなわれているのかと思ったが、しばらく観察しているうちに、これが日常の風景なのだと気がついて二度びっくりした。

屋敷がすぽんとおさまるほど広い道路に、空を覆い隠すようにそびえるビルの群れ。道往く人々はみな洒落《しゃれ》た装いで、自分の垢《あか》抜《ぬ》けない身なりがたいそうみすぼらしく思える。そんな気持ちで、恥ずかしさに背を丸め歩いていた所為だろう。気づいた時には見知らぬ通りにぽつんと立っていた。

慌ててもとの道を探すうち、Mさんは一軒の露店に目を留める。正確には露店の台へ並べられていた鼈甲《べっこう》の櫛から目が離せなくなったのだという。

艶《つや》やかな櫛は、陽を受けてきらきらと輝いていた。

ふるさとの、朝の海によく似ていた。

我に還って値札を見れば、旅費のほとんどが飛んでいく価格である。無論買えるはずもない。だが、気づいた時には空の財布と引き換えに、彼女は櫛を握りしめていた。

何とかなるさ。いざとなれば野宿だってできるし。

生まれて初めての衝動買いに、背徳めいた高揚感をおぼえて歩みが弾む。

だが、その足取りが重くなるまでにそれほど時間はかからなかった。

「母自身も笑っていましたが、食費がかかる事実をすっかり失念していたそうなんです。贅沢《ぜいたく》はできないにせよ、食うに困らなかった港町の弊害でしょうね」

初日こそ何とかやり過ごしたものの、二日目をようやっと乗り越え、三日目を迎える頃には、すでに空腹で朦朧《もうろう》としていた。

得意先で何かしら馳走になれるかと淡い期待を抱いたが、先方も年端も行かぬ小娘の使いとあっては、もてなしをするはずもない。最後の店をあとにした直後、路地裏で彼女はへたりこんでしまった。

空腹に血の気が引く。目の前の景色が歪《ゆが》んで見える。飯代はおろか、帰りの汽車賃まで散財してしまった自分の愚かさに、涙が零《こぼ》れた。

ことん。

重さに耐えかねてリュックを地面におろした刹那《せつな》、固いものが鳴った。はて、何を入れていただろうか。ぼんやりとした頭で考える。

あ、かつおぶし。

ごそごそと取りだしてみれば、鰹節《かつおぶし》は傷んだ様子もない。鼻を近づけると木屑《きくず》に似た独特の香りが、ぷん、と匂った。とはいえ、齧《かじ》りついて食べられるような代物ではない。削るにしても専用の刃物がなければびくともしない。

鰹節を握りしめたまま、自分はここで死ぬのだろうか。

あねはん、ごめんなさい。

鰹節を握りしめたまま気が遠くなりかけた、その時。

「もし」

背後から声をかけられ、Mさんは思わず「すいません」と詫《わ》びた。

「いやいや、それはこちらの台詞《せりふ》で……すいません、突然で申し訳ないのだが」

振り返れば、後ろに立っていたのは恰幅《かっぷく》の良い和装の男性である。こちらをにこやかに見おろしつつ、視線はMさんの手に注がれている。

「もしや、お嬢さんがお持ちになっているのは三陸節《さんりくぶし》ではないのかね」

わけが解らぬままに頷《うなず》くと、男性は彼女の手から鰹節をもぎとるや表面をしげしげと眺めだした。

「これは、立派な秋節だ。火入れとカビつけが本当に上手にできている……」

講釈じみた独り言を呟《つぶや》きつつ、男性は目を大きく見開いてしばらく鰹節を調べていたが、ふいに彼女の方へ向き直ると「これはどこに卸すつもりなのかね」と訊《たず》ねてきた。

男性の態度も解せないし、卸すという意味もよく解らない。それを伝えようと無言で首を横に振った途端、男性が「売ってくだされ」とMさんの肩を摑《つか》んで揺する。

「私はここで宿を営んでいるのだが、ちょっと困っておってね」

そう言って男性が指した先には、太々とした松が玄関先を飾る屋敷があった。よく見れば、戸口の傍に「旅館」の筆書きが躍っている。驚くMさんに構わず、男性は手違いで三級品の鰹節を仕入れてしまった旨、今日の夕餉《ゆうげ》に賓客が訪れるために、どうしても上物の鰹節が必要な旨を早口で告げた。

「でも、オラお金ないから……」

事態を吞《の》みこめずに答えた彼女へ、男性は大きな腹を揺すって笑いかけた。

「何を仰《おつしや》っているんですか。お支払いするのはこちらです。もし良ければ、私のところで夕飯を召しあがっていかれませんか。その上等な三陸節の話をぜひ聞きたいのです」

斯《か》くしてMさんは久方ぶりに腹一杯の食事を馳走になり、事情を知った主人から客室を提供された。帰りには「三陸節のお代です」と汽車賃を差し引いてもじゅうぶんに余る金銭を受け取ったという。

「のちに、男性はあねはんのもとへ自ら交渉に訪れ、上客のひとりになったそうです」

さて、無事に帰ってきたMさんは、あねはんにすべてを打ち明ける。

妙な声に誘われるまま鰹節を盗んだ事、櫛《くし》をふらふらと買ってしまった事、その所為でひもじい思いをした事、鰹節が宿の主人の目に留まり窮地を脱した事……いっさいを包み隠さず告げた。咎《とが》められ打擲《ちょうちゃく》されて、追いだされるのを覚悟の上だったという。

彼女が懺悔《ざんげ》する間、あねはんはひと言も口をきかなかったが、やがて話し終えたのを確かめると「お前の兄さん、何処で亡くなったんだっけ」と呟いた。

「く、詳しくは何も……南方で、撃沈されたと聞いてます」

予想外の質問に目を丸くしているMさんへ静かに微笑んでから、あねはんは「その鰹節、兄さんじゃないのかい」とやさしく告げた。

「鰹《かつお》ってのは南の海を回遊して、秋にここいらあたりへ来るんだよ。兄さんが亡くなった海を泳いでいた鰹がウチの船に水揚げされて、鰹節になったんだとしたら……全部の辻褄《つじつま》が合うじゃないか」

最後の台詞を聞いた途端、兄との約束が頭に浮かんだ。

綺麗《きれい》な櫛とか着物とか、何でも買ってやるからな。

ぼたぼた涙を垂らして泣きじゃくるMさんの頭を撫《な》でると、あねはんは「良い旅をしたねえ。お前も、兄さんも」と潤んだ目で笑った。

そのままふたりで、ずいぶんと長い時間泣き続けたという。

「それから十五年ほどして母が嫁いだ直後、あねはんは病に罹《かか》って亡くなったそうです。葬式にはあの旅館の主人も顔を見せ、大泣きして帰ったと言っていました。間もなく、三陸の鰹節は下火になりました。母は〃あねはんが、あっちに持ってったのさ〃と笑ってましたけれどね」

すべては、もう昔話ですよ。

寂しげな台詞とは裏腹に、Oさんは嬉《うれ》しそうに微笑んでいる。

何故だろう、私の顔にも笑みが浮かんでいた。

【三陸節】

宮城県気仙沼および唐桑周辺で作られる鰹節の総称。別名「東節」「秋節」などと呼ばれ、気仙節や宮古節など地名によってブランド化されていた。気仙沼・唐桑地区には、かつて四十以上の鰹節工場があったそうだが、冷凍技術と流通手段が発達したのに加え、安価な鰹節が流通するようになったのに伴い次々に閉鎖。現在では一店舗だけが製造している。

ちなみに、鰹は現在も気仙沼の主力となる魚であり、「生鮮鰹」の水揚げ量は二〇一四年現在、十七年連続で日本一を誇っている。

会津婚礼譚

福島県

Kさんは二十歳になった夜、お母さんから「もしかしたら、アンタは産まれてなかったかもしれないのよ」と妙な告白を受けた。

父に出会う数年前、お母さんには添い遂げようとした人が居たのだという。


当時、お母さんは東京で事務職員として働いていた。女性の社会進出が今ほど盛んではない時代とあって、両親の反対を押しきっての上京であったそうだ。

やがて、お母さんに恋人ができる。同じ職場の二歳上、Sという男で生まれも育ちも東京という、生粋の「都会っ子」だった。

身なりから立ち振る舞いに至るまですべてが垢抜《あかぬ》けた印象の彼は、田舎から出てきて二年足らずのお母さんにとって強く惹《ひ》かれる存在であったのだという。

結婚話が持ちあがるまで、時間はかからなかった。


交際をはじめて半年後、ふたりはお母さんの故郷である福島県会津若松市を訪れる。両親と挨拶《あいさつ》を交わし、結婚の了承を得るための旅だった。

突然の報《しら》せに父はたいそう狼狽《ろうばい》していたが、やがて、祝いの酒が進むにつれて顔が綻《ほころ》びはじめた。最初は「Sさん」と畏《かしこ》まっていたはずが、いつの間にか「Sくん、Sくん」と嬉しそうに呼んでいる。気がつけば、Sと父で一升瓶をみっつほど空にしていた。

「明日《あした》もあるんだから、そのくらいにしときなさい」

見かねた母が助け舟を出す。その言葉に「助かった」という表情を浮かべて、ふらつきながら立ちあがったSの背中に、真っ赤な顔の父が声をかけた。

「なあ……しつこいようだが、ご出身は東京なんだよね」

質問の意図が解らず惚《ほう》けているSへ、「さあさ、寝室はあっち」と母が寝間着を渡す。その時はお母さんも、「ずいぶん酔っているのかな」としか思わなかったそうだ。

だが。

深夜、けたたましい絶叫が家中に響きわたった。

驚いて声の方角へかけつけると、客間に敷かれた布団の上で、Sが亀のように背を丸め頭を抱えている。

「いま、いま布団の周りにたくさんの人が立ってて」

彼いわく、電気を消した途端に空気がずしりと重くなり、人の気配が部屋中にあふれたのだという。

何事だ。ふいに漏らした瞬間、暗闇から真っ白い身体の人々が次々に湧いたかと思うと、あっという間に布団を取り囲んでしまった。

血をすっかりと抜いたような、ぞっとする白さであったという。

やがて、事態を把握できずに身を固めるSの顔へ、白い集団のひとりが唇を近づけた。

「さつまめい」

言われたと同時に、堪《たま》らなくなって声を張りあげたのだ。Sは涙目でそのように訴えた。と、遅れて駆けつけてきた父が彼の様子を見るなり「もしかして」と呟く。

「もしかして……親御さんが、鹿児島か山口の生まれか」

愕然《がくぜん》としながら、Sはゆっくり頷《うなず》いた。

「確かに、両親は鹿児島の生まれです。戦後間もなく東京へ出てきて、僕を産みました。でも、それがいったい。そもそもどうしてその事を」

その途端、父が這《は》いつくばるように頭を畳へこすりつけ「申し訳ないっ」と叫んだ。

「我が家に薩長《さっちょう》の人が泊まると、妙な目に遭うらしいんだ。私自身は別に何とも思っていないんだが……死んだ親戚《しんせき》の中には、まだ幕末の事を怒っている者もいるらしくてね」

まあ、そのうち彼らの気も晴れるだろうから、あまり怖がらないでくれ。

今度は、Sは頷こうとはしなかった。

「お祖父《じい》ちゃんもずいぶん詫《わ》びたんだけど、彼はもう脅えちゃってね。私を置いたままそそくさと東京に帰って、それっきりになったの」
まあ、その後でお父さんと会えたから良いんだけど。ちょっぴり可哀想だったな。
お母さんはそう言って、悪戯《いたずら》っぽく微笑んだ。
昭和の四十年代に起こった、すこし不思議な出来事である。

【会津と薩長】
一八六八年、戊辰戦争《ぼしんせんそう》において薩長土肥が官軍として会津領に攻め入った、いわゆる「会津戦争」によって、白虎隊をはじめとする多くの人々が犠牲となった。その後、領土を剝奪《はくだつ》された会津藩士が下北半島へ移住させられた遺恨なども相まって、現在も旧会津領の地域と鹿児島、山口は非常に仲が悪いとされている。なお、巷《ちまた》で噂される「薩長が城中において乱暴狼藉《ろうぜき》を尽くし死体の埋葬を禁じた」なる事実を証明する資料は発見されていないという。

蕨山にて

山形県

山形県 庄内《しょうない》地方で暮らす、高齢の女性から伺った話である。

怪談のカテゴリに入れて良いものか悩んだが、非常に興味深い話であったため、その旨を前置きしたうえでご紹介したいと思う。

戦後間もない、まだ二十代であった時分の出来事だと聞いた。


女性はその日、地元で蕨山《わらび》と呼ばれる、名前のとおり蕨の群生する山へと入っていた。

現在であれば蕨のある山は、たいてい管理者が部外者の立ち入りを厳しく監視している。だが、その頃は蕨を採る者など付近の住民以外にはおらず、管理も名ばかりであったそうだ。

腰に結わえている籠《かご》へ手折った蕨を次々と放りこむ。小一時間もしないうち、籠はたちまちずっしりと重くなった。

朝露が乾かぬ頃に入山したはずが、気がつけば陽もずいぶん高くなっている。

そろそろ帰って灰汁《あく》に漬けるかの。

凝り固まった腰をさすりながら女性が半身を起こした、そのとき。

目の前の草むらが、地面ごと揺すったように左右へ大きく動いた。

狸、狐、それとも猿か。ここから身体《からだ》が見えないという事は、鹿や熊ではねえな。考えを巡らせながら、女性はゆっくり後ずさった。いかに小さな獣であっても、刃物も何も持っていない状態で遭遇するのは恐ろしい。

後退しつつ注視するなか、再び草むらが揺れる。やがて、草の間から茶褐色のかたまりが顔を出した。


はじめは、それが何の生き物であるか解らなかった。

アケビの実に頭と尾をつけたようなずんぐりした身体。みっしりと生え揃った細かな鱗《うろこ》。菱形《ひしがた》の頭部は茶色が一段と濃く、口から覗《のぞ》く赤い舌がいっそう鮮やかに映る。

自分が知るなかでもっとも近いのは蛇だろうか。しかし、これほどまでに不格好な蛇など見た事も聞いた事もなかった。不意の遭遇に驚いたのか、寸胴の生き物はじっと女性を睨《にら》んだまま微動だにしない。こちらを見つめる眼球は、鶏のそれによく似ていた。

一分ほどそうしていただろうか。森の奥で鳥が一斉に飛び去った。その音に気を取られ視線を逸らした瞬間、茶色の生き物は濡《ぬ》れた草鞋《わらじ》を叩《たた》きつけるような、びたん、びたん、という音を立てながら、草むらを跳ねて姿を消した。

逃げたあとの草は、踏みしめたように潰《つぶ》れ曲がっていたという。

家に帰って姑《しゅうとめ》に話すと「それはデゴだ。言い伝えどおりなら、間もなく子が授かるぞ」と笑った。

その言葉どおり、女性は間もなく懐妊したそうである。


【ツチノコ】

幻の蛇と謳《うた》われる未確認生物。藁《わら》を打つ「槌《つち》」に形状が似ている事が名の由来とされる。もとは京都や奈良など一部地域での呼称であったが、テレビや漫画で紹介されるにいたって、一般的な名詞として広まった。古くは「ノヅチ」と呼ばれ、東北では「バチヘビ」「デゴッチ」などと称される。日本全国に目撃例があり、懸賞金を設けて村おこしに活用している自治体も存在する。本稿の舞台である山形県にも遭遇記録が多数残っており、庄内地方の三川町《みかわまち》にある高禅寺には「ツチノコの骨」が安置されており、現在も巳年《みどし》のみ開帳されている。

ゴゼンボ

新潟県

新潟県内のSという集落に、Uさんの実家はあった。

もとは地域一帯をおさめる庄屋《しょうや》であった名残りなのか、敷地だけは広い。

その敷地に、Uさんと両親、そして祖父の四人は暮らしていた。

「祖父は寡黙な人物で、正直あまり好きではありませんでした。今にして思えば孫との接し方が解らない、不器用な人だったんでしょう」

そんな案配であったから、Uさんは祖父と遊んだり会話を交わしたという記憶がほとんどない。ただ、たった一度だけ、彼は祖父と寝床を共にした憶《おぼ》えがある。

その時の話だという。


秋の終わりだった。

その日、母方の親戚が亡くなったという報《しら》せを受けて、両親は隣県まで泊まりがけで出かける事になった。まだ幼い彼に旅は無理と思ったものか、両親は、祖父とふたりで留守居をするようにUさんへ告げた。

「何を話して良いのか解らず、始終よそよそしかったのを何となく憶えています。まあ、その後に起きた出来事が強烈すぎて、他は霞《かす》んでいるのかもしれませんが」

その夜。

だだっ広い十畳間で祖父と寝ていたUさんは、奇妙な音で目を覚ました。

ちん、とん、とん。

楽器をつま弾《び》くような、軽やかな音色と歌声が何処からともなく聞こえている。

「あれ、なあに」

Uさんが訊《たず》ねると、祖父は「おお、お前サは聞こえるのか。お前の父ちゃん母ちゃんは聞こえねえのに」と小声で笑った。ようやく孫との会話の糸口を見つけた、そんな笑顔だったそうだ。

「あれはな、ゴゼンボだ」

祖父が嚙《か》み砕《くだ》いて説明してくれたところによれば、この家は昔、「ゴゼ宿」であったらしい。「ゴゼンボ」とは、旅をしながら家々で唄《うた》を歌ってはお金をもらう、盲目の女の人で、裕福だったこの家には何人ものゴゼンボが泊まっていったのだという。

ゴゼンボはたいてい数人でやって来たが、時たま独りぼっちで戸を叩く者もいた。

「どうやって仲良くしたら良いか、解らなかったんだべな、と祖父は言っていました」

ある晩、そんな独りぼっちのゴゼンボが、この家の寝床で亡くなった。もとより病みついていたらしく、気がついた時にはすでに医者も薬も間に合わなかったらしい。

祖父の両親は、ゴゼンボをねんごろに弔った。簡素ながらも、葬式も出してやった。

「それを申し訳ないと思ったんだべかなあ、それから、時たま」

聞こえるのだという。

「その時は、まだ半信半疑だったんです。一度きりの事でしたし、子供心にもそんな莫《ば》迦《か》莫《ば》迦《か》しい話があるわけはないと思ってましたから。信じたのは、あの出来事から数ヶ月が過ぎた、ある晩でした」

その夜、Uさんは高熱にあえいでいた。

頭が痛いと思っているうちに具合がどんどん悪くなり、夜更けには唇が真っ白になるほど衰弱してしまったのだという。

朝まで持つだろうかと両親がおろおろとする中、祖父がふいに姿を消したかと思うと、小さな巾着《きんちゃく》袋を手に戻ってきた。

「これを炊いて食わせろ」

袋を逆さにしてみると、ざらざらと零《こぼ》れてきたのは、ひと握りの生米だった。

「大丈夫ですよ。食べられる状態じゃないし、米ならたんと有りますから」

母親はそう告げたが、祖父は「この米でないと駄目なんだ」と譲らない。

根負けした母親は、しぶしぶ米を受け取ると、鍋《なべ》で煮て粥《かゆ》をこしらえた。

「妙に透き通った米だったと、のちのち母親からは教えられました」

ぐったりしているUさんへ、粥をのせた匙《さじ》を運ぶ。と、一口、二口と食べるうちに、頬へ赤味が戻ってきた。やがて、驚く両親の手から匙をもぎとると、Uさんは自分で粥をすくって口に入れはじめた。その様子を見ながら祖父は「ゴゼンボの米だもの、効かねえはずがねえ」と笑っていたそうだ。

鍋が空になる頃には、立ちあがれるほど元気を取り戻していたという。

「不思議なのはね、その時の記憶がまったくないんです。憶えているのは、ぼんやり霞む部屋の天井と布団の重さ。そして、うっすら聞こえ続けていた三味線の音だけです」

実家は祖父の死と同時に取り壊され、Uさんと両親は東京へと移り住んだ。それから、四十年以上。あの日の出来事も、今では綺麗《きれい》な夢のようにおぼろげになってしまったと、Uさんは笑う。

「それでも時々、あの何処か悲しげな唄と優しい三味線の音色を、ふいに思いだすんです」

今年の冬は、久しぶりに実家の跡地を訪ねてみようと思っているそうだ。

【瞽女《ごぜ》】

盲目の女芸能者。三味線や胡弓《こきゅう》などを弾きながら歌い、家々を門付して回る巡業形式で暮らしてきた。江戸時代には全国的に活動していたが、明治から昭和にかけてその数は次第に減っていった。そんな中でも、新潟県は長岡瞽女と高田瞽女というふたつの強固な組合があったため、近年まで瞽女が残っていた珍しい地域である。

瞽女は霊力があると信じられており、彼女たちが門付で集めた米は「瞽女の百人米」と呼ばれて珍重された。百人米を食べた子供は頭が良くなると伝えられていたそうだ。

ほんもの

富山県

Oさんは、いわゆるラーメンマニアである。

行列のできる店があると聞けば西へ飛び、ご当地ラーメンの新店がオープンすると知れば東へ走る。全国津々浦々、ラーメンがあれば何処でも足を向けるという御仁なのだ。

「ハマっちゃうと、その土地の店をすべて制覇したくなっちゃうんです。毎週のように足を運んで、一日中ラーメン屋をハシゴする事も珍しくありません」

そんな彼は昨年の夏、北陸のご当地ラーメンにハマったのだという。

これは、その時の話である。


ある日曜日、彼は富山県のT市でラーメン行脚に勤しんでいた。

「入善《にゅうぜん》ブラウンというご当地ラーメンに惚《ほ》れこみましてね。足繁く通ううちに、ならば富山中のラーメンをチェックしようと思って、その日はT市に行ったわけです」

四軒目の店を出る頃には、すっかり夜も更けていた。

どれ、もう一軒くらい探すか。それとも一杯ひっかけようかな。

悩みつつひっそりとした商店街をぶらついていた彼は、ふと、目の前の奇妙な光景に足を止めた。

シャッターを下ろした店の前で、女が立ち尽くしている。

薄汚れた白い和服、艶《つや》の失せた長髪、白粉《おしろい》をはたいたように血色のない顔。

あからさまに、普通のいでたちではなかった。

何かの、コスプレだろうか。

首を傾《かし》げつつ近づいていく。と、彼の気配に気づいた女がこちらを向くなりそのまま、消えた。

「雲が被《かぶ》ると、日射しがすっと薄くなるじゃないですか。あんな感じの消え方でした」

啞然《あぜん》としたまま、踵《きびす》をかえして宿に戻った。

「本当ならばそのまま逃げ帰っても良かったんですが。そこはマニアの血と言いますか。気になると放っておけないんですよね」

翌日、彼は再びその商店街へ赴くと、昨夜の場所を訪ねてみたのだという。

くだんの店は相変わらずシャッターが下りたままであったが、つぶさに観察すると、看板を設置した形跡や、真新しい張り紙のあとが残っていた。

どういう事だろう。

と、店の前で悩むOさんへ、近所の商店主とおぼしき中年女性が声をかけてきた。

「お兄ちゃん、そこは先週でもう終わったよ。残念だったねえ」

意味を判じかねて「何がですか」と問う彼の胸を、女性が笑いながら叩《たた》いた。

「何言ってんの、お化け屋敷よお。一ヶ月だけの開催でね。アタシは怖がりなもんだから行かなかったけど、孫の話じゃ本当におっかなかったって。本物みたいだったって」

本物、いましたよ。

とは、さすがに言えなかったそうである。

「ああいう場所って、本物を呼んじゃう事もあるんですかね……そう言えばあの人、何処となく寂しそうだったもんなあ。ま、もう一度見たいかと言われても困りますがね」

味わうのは、ラーメンだけでじゅうぶんですよ。

そう言うと、Oさんは出っ張ったお腹をさすって、愉快そうに笑った。


【お化け屋敷】

我々がよく知る形式のお化け屋敷は、一八三〇年、瓢仙《ひょうせん》という医師が自宅の庭に小屋を建てて室内に百鬼夜行の絵を描き、お化けの人形を飾りつけて見物人を集めたのがはじまりとされている。その後、大正時代になると、お化け屋敷が流行し、各地の博覧会などで盛んに催された。一九三一年には、両国国技館で「日本伝説お化け大会」がおこなわれ、藤沢衛彦《ふじさわもりひこ》氏の指導のもと、数々の妖怪《ようかい》が国技館を飾ったという。その伝統は現代にも引き継がれ、近年では商店街の空き店舗などを利用した、アトラクション形式のお化け屋敷が流行している。本文に登場する富山県T市でも、地元商店街の廃屋を利用したお化け屋敷が、二〇一三年に期間限定でオープンした。

トンネルの先

石川県

Hさんという女性よりうかがった話である。

二十年以上前、石川県K市にある美大に通っていた頃の出来事だそうだ。


当時、彼女はひとりの男性と交際していた。

「彼は地元の出身で、美味《おい》しいお店や観光地に詳しかったんですよ。免許を所有していた事もあって、毎週末のように県内の何処かへ遊びに出かけていました」

その日も、ふたりは隣県にほど近い山あいの温泉街を目指し、車を走らせていた。日帰りで入浴ができるから行ってみよう、そんな台詞《せりふ》で彼が誘ったのだという。

「のんびりした雰囲気のところで、お風呂《ふろ》も湯あがりの散歩も楽しかったんですが……。問題は、帰りで」

K市に戻ろうと車へ乗りこんでしばらく経った頃、彼女は異変に気がついた。

車が、明らかに山奥へ向かっている。

「ねえ、来た道と違うよ。間違えてるんじゃないの」

不安に駆られたHさんがそう告げると、彼は「寄ってみたいとこがあるげん」と笑っている。嫌な予感がして「何処へ行くの」と詰めよった。

「幽霊の見えるトンネルが、この近くにあるねんて」

そのトンネル内でクラクションを鳴らすと、青い顔の男が車を覗《のぞ》きこんでくるのだ、と彼は告げた。

「せっかく来たさけ、そっちに行ってみまっし」

興奮した口調に、Hさんは彼の目的が〝そっち〟であったのを理解した。いい年をしてそんな場所へ行きたがる彼にうんざりしたが、ここで喧嘩《けんか》を始めてしまえば、帰りの道が険悪な空気になってしまう。

しぶしぶ「ちょっと見るだけだからね」と承諾した。

十五分ほどで、ふたりは目的地であるトンネルの手前へと到着する。

今はあまり使われていない旧道なのか、自分たち以外に車は見あたらない。あたりには人家もなく、夕暮れの風に木立が揺れるばかりの寂しい景色が広がっていた。

薄ら寒いものを感じ「やっぱり帰ろうよ」と言いかけたと同時に、彼がゆっくりと車をトンネルに向かって発進させた。思わず、祈るような形で両手を握った。

やけに長い、トンネルだった。

照明の類《たぐい》が一切ない所為《せい》だろうか、フロントガラスの向こうに見える出口が、いつまで経っても近づいてこないように思える。そのうち、距離感がまったく摑《つか》めなくなった。

「ねえ、もっと早く走れないの」

震える声で急《せ》かしたが、彼は「ソッコーで抜けたら、お化けがついて来れんぞいや」と、にやけながら、何度も何度もクラクションを鳴らしている。

反響する音が悲鳴のように聞こえた瞬間、彼女は声を荒らげた。

「なんでデートしに来てこんな目に遭うの。もう厭《いや》っ」

剣幕に圧《お》されて、彼が「解った、解った」とアクセルを踏む。叫んだ勢いで涙がどっとあふれ、Hさんは両手で顔を覆って泣き続けた。

一分ほど経った頃だろうか。ふいにエンジンの音が静かになった。

ゆるゆるおもてをあげると、目の前にはいつの間にか夜の帳《とばり》がおりた山道が延びている。

良かった、抜けたんだ。

ほっとして運転席へ向き直ると、彼が真っ白な顔で呆然《ぼうぜん》としている。

「なんで、なんでこっちに出るん」

その言葉で、目の前の風景に見憶《みおぼ》えがあると気がついた。

数分前まで自分たちが車を停めていた、あの場所である。

泣いている間に、車がUターンした気配はなかった。そもそもトンネルは非常に狭く、坑内で車を迂回《うかい》できる場所などなかったように思う。

「どうやって」

「解らん」

彼女の問いにそれだけ答えると、彼はめいっぱいアクセルを踏みこんだ。

「海岸線の明るい道に出るまで、ふたりとも無言でしたね」

以来、彼女はトンネルが怖くなり、ドライブがめっきり苦手になってしまった。それもあって彼氏とは疎遠になり、彼女の卒業を機に別れてしまったという。


【Sトンネル】

石川県の黒谷峠にある、全長一七三メートルあまりの隧道《すいどう》。かつては温泉街と四十九院町《しじゅうくいんまち》を繋《つな》ぐ主要な隧道として活躍したが、二〇〇〇年に道幅の広い、新たなトンネルが開通したため、文中に登場する旧トンネルは現在その役割を終えている。

なお、Hさんの知人によれば「トンネルを通過できない」という逸話は、地元でも広く流布しているらしく、新しいトンネルができて以降は「新トンネルに入ったはずなのに、抜けてみると旧トンネルの出口だった」という話も伝わっているとの事である。

記念写真　栃木県

Cさんは小学生の時、栃木県の日光市へと修学旅行に出かけた。

行程は一泊二日。東照宮を参拝し、華厳滝を巡ってから翌日に江戸村で遊ぶという、お定まりのコースであったそうだ。

「今なら陽明門や眠り猫も興味深いのでしょうが、そこはまだ子供でしょ。江戸村で遊ぶ事しか頭にないもんで、他の見学先がひどく退屈に思えたんですよ」

暇を持て余したあげく、彼はちょっとした悪戯《いたずら》を企てる。

「心霊写真を作ってやろう、と考えたんです」

初日の最終目的地である「華厳滝」は、かねてより自殺者が多い事で知られており、撮った写真に怪しいモノが写ると噂になっていた。

「子供向けの恐い本に、その手の写真が多数載っていましたからね。悪ガキの間でも怪奇スポットとしての知名度が高かったんですよ」

なら、わざと奇怪な写真が撮れるように仕掛けて、あとからみんなを驚かせてやろう。

そんな算段を立てた彼は、滝へ向かうエレベータの中で悪友二名に相談を持ちかける。

一人が記念写真の最後列に陣取り、こっそりシャツから腕を抜いて、別の生徒の背後に手をかざす。他のふたりは、その前列に立ち、腕が不在のぶらついた袖《そで》を自分の身体で隠す。

「これで一丁あがり。誰のものとも知れない手が後ろに写っている、ってわけです」

あっという間に、それぞれの役割が決まった。

エレベータを出て肌寒い地下道を抜けた途端、轟《とどろ》きとともに、荘厳な滝が姿を現した。白い柵《さく》の向こうで、絶壁を裂くようにして白い飛沫《しぶき》が落下している。その様子に唖然《あぜん》とするなか、「早く撮影して旅館に行くぞお」と担任が皆を急かした。

整列のどさくさにまぎれ、Cさんたちはベストポジションをちゃっかり確保した。ふたりと目配せを交わしてシャツから腕を抜くと、隣に立つ女子の後頭部へ手をかざす。

「それじゃあ撮りますよ、さん、にい、いち……はいっ」

カメラマンの合図に合わせて、掌を大きく広げた。

幸い、彼ら三人以外に誰も気づいた様子はなかったという。

「その場はけらけら笑っておしまい。江戸村で遊ぶ頃にはすっかり忘れていました」

他愛《たわい》もない悪戯を再び思いだしたのは、一ヶ月後。

帰りのホームルームの席上だった。

「……先生、ちょっと皆にお詫《わ》びしなきゃいけないんだ」

いつもはにこやかな担任が、神妙な顔で話しはじめた。

「先月の修学旅行の写真なんだけどな、一枚だけ、渡せなくなっちゃったんだ」

Cさんは、あの時のふたりと顔を見合わせた。教室がざわめくなか、担任が渋い顔のまま話を続ける。

「本当は、東照宮と華厳滝と江戸村の三枚を渡す予定だったんだが……華厳滝で撮影したものだけ、ちょっと、その、カメラマンさんが撮影に失敗しちゃったらしいんだよ」

クラスの皆は口々に「何だよ、ひでえな」「せっかくの思い出なのに」と不満を漏らしている。自分が悪いわけでもないのに、担任はひたすら頭を下げ続けた。

「その様子を見て、三人とも青くなっちゃって。これは絶対あの手が写っていた所為だ、俺らの悪戯で先生に迷惑をかけたんだと思ったら、いたたまれなくなっちゃって……」

他のふたりと相談し、Cさんはすべてをうちあけようと決める。


放課後、三人は職員室を訪れた。突然の訪問に担任はいたく驚いていたが、やがて話を聞くうち、顔からは笑顔が消えていった。

「……お前たちだったのか」

Cさんたちの予想どおり、滝の写真が破棄された原因は「謎の手」にあった。

「写真屋さんから〝これはマズいです〟って青い顔で相談されてな。せっかくの思い出が心霊写真じゃぶち壊しだろ。だから撮影が失敗したって誤魔化したんだよ。まったく」

重苦しい溜息《ためいき》に同級生が「すいませんでした」と涙を浮かべる。担任は何も答えない。

厭《いや》な沈黙が、しばらくの間続いた。

と、突然担任が大声で笑いだした。

「いや、すまんすまん。本当は叱らなきゃいけないんだが、まんまと引っかかったのが自分でもおかしくて……あまり気にするな。先生もお前たちくらいの年には、いろいろ悪戯をしては拳骨《げんこつ》を食らったもんさ」

すっかりいつもの笑顔に戻った担任が、泣きじゃくる同級生の頭を撫《な》でた。

「クラスのみんなには、先生から説明しとくよ。お前たちもこれに懲りて、あまり莫迦《ばか》な真似はするんじゃないぞ。女子の中には、怖いのがキライな子もいるんだからな」

場の空気がほっと和むなか、Cさんは机の上に伏せられた一枚の写真に気がついた。

「それ、もしかして」

彼の言葉に、担任がにやりと笑う。

「お祓《はら》いにでも持って行こうと思って、写真屋さんから借りたんだよ。しかし、お前ち凄《すご》いなあ。これ、どうやったんだ」

担任は、感心した様子で唸《うな》ってから写真をこちらに向けた。

「え」

異様に細い無数の手が、生徒全員の肩を摑《つか》んでいた。

結局、記念写真は公表されなかったという。

【華厳滝】

栃木県日光市にある滝。落差は九十七メートルあり、その壮観さから日本三名瀑《めいばく》のひとつに数えられる。滝を発見した勝道上人が仏教経典「華厳経」から名づけたといわれている。

一九〇三年、旧制一高の学生であった藤村操が、滝の近くにある樫《かし》の木へ遺書を残して身を投げた。エリート学生が世を儚《はかな》み自殺するというセンセーショナルさが注目を集めた結果、その後四年間で二百名あまりが滝で自殺をはかった。これにより華厳滝は自殺の名所となったわけである。ちなみに、現在自殺者はほとんどいなくなったそうだ。

夜鳴く犬

茨城県

都内近郊の専門学校生、C君よりうかがった話である。

彼の住まいは、東京の北の外れにあるアパートの六畳間。二十三区はもちろん近隣と比べても家賃が格段に安いのが決め手となり、即決で借りたのだという。

「かと言って、異様にボロいわけでもなく、ごく普通のアパートなんです。通学時間の長さだけ我慢すれば、こんな良い条件ないですからね。大満足でした」

あの日までは。

C君はある朝、隣の部屋に住む男性とたまたま駅のホームで一緒になった。

何度か挨拶《あいさつ》こそ交わしているものの、名前も知らなければ職業も定かではない。会話に詰まったあげく、彼は家賃の安さを話題として男性にふったのだそうだ。

「えっ」

男性の表情が強張《こわば》った。

彼の部屋は、C君の倍近い値段だった。

「……何か、あるんじゃないですか、おたく」

冗談とは思えぬ口調でそう言い残すと、男性は改札へ向から雑踏に消えていった。

「彼の背中を見ながら、〝そう言えば〟と、気になる事を思いだしたんです」

犬が、鳴くのだという。

深夜、バイトから帰宅してベッドに寝転がっていると、窓のすぐそばで「ワウ」と犬の短かく鳴く声が聞こえる。

声は、決まって夜更かしをしている午前二時近くに届いた。

「いつの間にか止んでいるので、あまり気にしていなかったんですが……よく考えたら、窓の向こうにあるのって、潰《つぶ》れたスナックだらけの貸しビルなんです」

その時は、「気まぐれなバーのママが、店に放しているのかな」などと、いたって気楽に考えていたそうだ。

「間違いでしたね」


その日のバイトは、とりわけキツかった。

「深夜シフトのバイト君がインフルでダウンしちゃったんです。ピンチヒッターが俺しかいなくって、十二時間ぶっとおしで」

疲労困憊《こんぱい》してアパートに着く頃には、時計の針は二時をまわっていた。

上着を床に放り投げて、ベッドに倒れこむ。電気をつけるのも億劫《おっくう》だった。

筋肉痛にあえぎながらも、ようやく睡魔に襲われはじめた頃。

「ワゥ」

あの声がして、眠気が引き剝《は》がされた。

そのうちおさまるだろうという彼の思惑に反し、その日の声はしつこく、いっかな止む気配を見せなかった。

苛立《いらだ》ちがつのる。神経が昂《たかぶ》る。何度目かの声が届いた瞬間、堪《こら》えきれなくなったC君は衝動的に立ちあがって窓を開けた。

「ッるせぇなオイ、真夜中に犬なんか遊ばせてんじゃ」

「わぅ」

足もとで声が聞こえた。おそるおそる、視線を下に向ける。

コンクリを打っただけの狭いベランダに、巨大な干物があった。

干物には猿に似た目鼻がついていた。唇の隙間から、黄ばんだ歯が見えたという。

「わぅ」

干物がもう一度吠《ほ》えたと同時に、腰を抜かして表へ逃げだした。

「それで、友達のアパートへ泣きながら転がりこんだんです。友達も、はじめは〝お前、寝ぼけたんじゃねえの〟と笑っていたんですが……」

C君の話を聞いていくうちに、その顔が次第に強張りはじめた。

「それ……犬の鳴き声じゃなくて〝あよ〟って言っているんじゃないか。俺、出身が茨城なんだけど、ウチの方言で〝おい〟って意味だよ……なあ、お前」

呼ばれてたんじゃねえの。

「その後……ネットで調べるうちに判明したんです。ウチの町内で昔、殺人事件があったらしくて」

被害者は、中年の男性。加害者はその妻だった。彼が調べたところでは、口喧嘩《くちげんか》の末に妻が夫を包丁で刺し、遺体を長らく押し入れに隠していたのだという。だが、夏になって悪臭に耐えられなくなった妻は、遺体をブルーシートでくるんでから、ベランダに放置した。結果、腐臭に気がついた住民の苦情で事件が発覚したのだそうだ。

「けれど、まさかウチじゃないよな、偶然だよなと思いながら、さらに検索したんです。そしたら、被害者の同級生って人のブログを見つけて……出身地が書かれていました」

被害者は、茨城県出身であったという。

間もなくC君は引っ越した。

アパートは、まだある。

【茨城の怪談】

茨城を舞台にした怪談では、「羽生《はにゅう》村事件」が有名である。顔が醜いあまりに殺された助《すけ》と累《るい》という女二人にまつわる祟りの物語で、女たちの殺害場所となった鬼怒川《きぬがわ》近辺の土地は累ヶ淵《かさねがふち》と名づけられ、やがて事件そのものも「累ヶ淵」と呼ばれるようになった。のちに三遊亭円朝がこれを下敷きに『真景累ヶ淵』を創作して人気を博した。市内の法蔵寺には助や累の墓があり、市の指定文化財になっているが、ここでは火の玉の目撃例が多い。また累ヶ淵の近くには、助の霊が河童《かっぱ》となって泣き叫んだという霊山寺淵《りょうぜんじぶち》があり、ここでも怪奇現象の目撃があとを絶たない。

マニアの改心

群馬県

世の中には、色々な趣味の人間がいる。第三者から見れば「何でそんなものを」と思うようなものに執着し、蒐集《しゅうしゅう》し、収蔵する、〝マニア〟は決して少なくない。

そして、Kさんもそんな〝マニア〟の一人だった。

「まあ、僕の場合は同好の士があまり居ないのが悩みの種ですよ。決して悪い趣味じゃないと思うんだけどなあ……首塚」

そう、彼は「首塚マニア」なのである。

もともとは史跡めぐりが趣味であったのだという。その後（何がきっかけであったのかは本人もよく憶《おぼ》えていないらしいのだが）気づいた時には、斬首された頭部が弔われている「首塚」を追い求め、週末毎に全国を旅するようになっていたのだそうだ。

「普通の史跡って、たいてい単なる石があるだけじゃないですか。でも、首塚はその下に歴史的な人物が必ず眠っているんですよ。頭だけ。そこが興奮するんでしょうね」

口角泡を飛ばして首塚の素晴らしさを語る彼へ、私は「そんなところばかり行ったら、妙な目に遭いませんか」と訊《たず》ねる。予想に反し、彼は笑って否定した。

「別に掘り返してるわけじゃないですから、バチは当たりませんよ。申し訳ないですが怖い体験もほとんど……あ、でも」

一回だけ奇妙な事がありましたよ。

九年ほど前の出来事だという。

ある週末、彼は群馬県のA市を訪れた。目的はもちろん「首塚」である。

「八幡平《はちまんだいら》首塚という、物凄《ものすご》い数の首が葬られている場所を見つけたんですよ。これはもう行くしかないと思って、無理やり日帰りで予定をねじこみました」

駅前でタクシーを拾うと、あらかじめ調べておいた近隣の住所を告げる。過去に「首塚まで」と言ったところ、脅えた運転手に断られた経験を踏まえての知恵だったという。

車は、五分ほどで田畑の広がる目的地に着いた。

運転手に二十分ほどで戻ると告げてから、バッグを座席に残して表へ出る。歩きだして間もなく、緩やかな勾配《こうばい》の続く先に小さな屋根が見えた。

「首塚を供養しているお堂でした」

軽く手を合わせてから、周辺の塚や供養塔を次々に撮影する。電車の時刻を考慮すると、時間はあまり残されていなかった。

「考察は帰ってからでもできるので、まず資料と思いまして」

石碑の並ぶ敷地へ足を踏み入れてシャッターを切り、格子戸の隙間から腕を伸ばして、お堂の内部へストロボを焚《た》く。一見すると罰あたりに思える撮影会は、十五分あまり続いた。

まずまずの成果かな。

満足して、タクシーの待つ道へと戻った。

「ところがね」


「これからご旅行ですか」

再び駅へと走りだして間もなく、運転手がKさんに声をかけてきた。

意味が解らなかった。

今の状況を「旅行ですか」と問われたならともかく、「これから」とは、いったいどういう事か。

「いや……何故ですか」

おずおず問い返すと、運転手は正面を向いたまま「だって、お連れさんと待ち合わせだったんでしょ。合流して、これから駅に向かうんでしょ」と笑う。

「あの、すいません。お連れさんって、誰ですか」

彼の言葉に、運転手が「いや、ご一緒に乗って」と振り向くや急ブレーキを踏んだ。

「えっ、あれっ。だって今、あなたと長い髪の男性がふたり、バックミラーに……」

運転手は目を大きく見開いたまま、酸欠の金魚よろしく口をぱくぱく開閉している。

「……お客さん、今どちらに行ってこられたんですか」

顔面を蒼白《そうはく》にして訊ねられたが、曖昧《あいまい》な返事でその場は誤摩化したという。

「まあ、運転手さんも〝目の錯覚かな、アタシ疲れてんのかな〟なんて言うもんだから、つい〝そうだよな〟なんてホッとしちゃって……余計な事を聞いちゃったんですよね」

駅に着いて料金を渡しながら、Kさんは気まぐれに訊ねたのだという。

「そういえば運転手さん、さっき僕と一緒に乗ってきた人って、どんな格好でした」

現代風の衣装を答えるだろうと踏んでいた。そうであれば、仮に妙なモノを見たのだとしても、首塚とは無関係だろうと予想していたのだ。

運転手はお釣りを勘定しつつ首をひねっていたが、やがて、ぽつりと呟《つぶや》いた。

「おかしいなあ。首から下がね……どうにも記憶にないんですよ」


「それからは、現地へ行ってもあまり無茶をしないようになりました。やっぱり、故人が祀《まつ》られている場所ですから、おごそかにしないとね」

マニアにも、やっぱりルールは必要ですよ。ええ。

自身の発言に何度も頷《うなず》きながら、Kさんは得意げに胸を張った。


【群馬の達磨《だるま》】

群馬県の名産として有名なのは張り子の達磨だが、この由来もなかなか怪談めいている。

その昔、碓氷川《うすいがわ》が氾濫した際、夜中に何やら怪しく光るものがあり、翌朝確かめてみるとそれは古木であった。古木は少林山の観音堂に納められたが、のちに一了居士《いちりようこじ》が夢のお告げに従い、古木から達磨像を彫りあげた。時同じくして碓氷川に再び古木が流れ着いたが、そのウロは達磨像がちょうど収まる大きさであった。話を聞いた人々がこぞって参詣したため、少林山はとうとう達磨寺という寺を開いた。やがて門前で張り子の達磨が売られるようになり、現在に至るというわけである。

夜歩く男

千葉県

千葉県の市川市に「藪知《やぶし》らず」と呼ばれる森がある。

江戸の昔より「迷いこむと二度と出られなくなる」と言い伝えられる不思議な森だが、意外にもその所在地は市街中心部、市役所の真ん前に位置するのだという。

E氏は、数年前までその市役所に勤務していた。

「現在は竹がずいぶんと増えましたが、私が勤めていた昭和の終わりなぞは、雑木林が鬱蒼《うっそう》としていてね。小さな島が流れ着いたような、何とも不思議な場所でしたよ」

それほど不思議な場所なら、やはり行方不明になった人間はいるのか。私が訊ねると、彼は「私が勤めている間に、そんな報告は聞いた憶えがありませんね」と笑って否定した。

「まあ、神社以外の敷地は立ち入れないよう厳重に管理されていますからね。そもそも出られなくなる以前に入れないんですよ」

その言葉に落胆し、取材の不発に悔しがっていると、「でもね」とE氏が口を開いた。

表情から、笑みが消えている。

「二度ばかり、奇妙な光景を目にしていますよ」

まだ職員になって日も浅い、ある夜。

「その日は年度末の処理に追われていましてね、帰りが随分と遅くなったんですよ」

ようやく仕事を終え、すっかり暗くなった市役所前を自宅へ歩いていたE氏は、ふと藪知らずの前で足を止めた。

神社の奥に見える木々の隙間を、丸坊主の男が歩いている。

「そのいでたちが、何とも妙でしてね」

男は、まるで戦中の国民服のような色褪《いろあ》せたカーキの衣服を身にまとっていた。季節は三月の半ばである。雪こそないものの、外套《がいとう》も羽織らずに歩くような気温ではない。酔っぱらいだろうか。もしもそのまま眠りこけたら凍死してしまうじゃないか。不安に思ったE氏は、男を呼び止めたのだという。

「もしもし、どちらへお帰りですか」

ところが男はまるで声など聞こえていないようで、ぼおっと腑抜《ふぬ》けた表情のまま、森の中をずんずんと横切っていく。やがて男は、木々の隙間をすり抜けたかと思うとそのまま見えなくなってしまった。

路地から声をかけてみたが返事はない。冬の夜風に森がざらざらと鳴るばかりである。にわかに、ぞっとした。

た、たぶんここを管理している人間か何かなんだ。心配いらないさ。

自身にそう言い聞かせて怖気《おぞけ》をごまかすと、E氏はその場をあとにした。

「……と、まあこれだけなら、不法侵入者に私が驚いたというだけの話なのですが」

時計の針は、一気に三十数年進む。


「翌々月に退職を控えていた、ある夜でした」

引き継ぎの書類を作成するうち、ずいぶん帰りが遅くなってしまったのだという。

表に出てみれば、昨晩から降り積もった雪で路地は白一色に染まっている。

この風景を見るのも、あと僅《わず》かだなあ。

ひっそりと静まった夜道を歩きながら感慨に耽《ふけ》っていると、ふいに足音が届いた。

あたりを見まわせば、音は藪知らずの森から聞こえている。

男が、神社の奥を歩いていた。

この時期にそぐわないカーキ色の服。短く刈りこまれた頭髪。何処か惚《ほう》けた表情。

瞬間、あの時の風景を思いだした。

顔つきや衣服から見て、同じ男に違いない。では、やはり管理人なのだろうか。

「お、おつかれさまです」

そのまま通り過ぎるのも妙に憚《はばか》られて遠慮がちに声をかけた途端、はたと気がついた。

服はともかく、男は顔つきから仕草まで何ひとつ変わっていない。

そんな事が、有り得るのか。

もしかして迷っているんじゃないのか。

あの男は、ずっと迷っているんじゃないのか。

呆然《ぼうぜん》としているうち、男はやはり森の奥へ姿を消してしまったという。

「それから何度か、夕暮れに藪知らずを見に行きました。いやあ、夜はさすがに怖かったもので。けれど……以来あの男には一度も遭遇していません」

もう一度見たいような、二度と見たくないような……何とも複雑な気分ですよ。

E氏は静かに笑って、話を締めくくった。


【藪知らず】

千葉県市川市にある森の通称。奥行き・幅ともに十八メートルほどと、決して広いわけではないが、古くから、神が住む「禁足地」であるとされており、敷地内の不知森神社《しらずもりじんじゃ》以外は立ち入る事ができない。その由来には諸説あり、日本武尊の陣屋であったという説や、平将門の墓があったという説、果ては藪の中にある窪地《くぼち》から瘴気《しょうき》が出ているという説まで、バリエーションは多様である。黄門さまとして知られる水戸光圀公《みとみつくに》がこの森で怪異に遭遇したという逸話も残っており、のちに浮世絵師の月岡芳年が『不知藪八幡之実《しらずのやぶやわたのじつ》怪《かい》』と題してその模様を描いている。

猫の居る部屋　埼玉県

編集者のJさんが、祖母から聞いたという不思議な話を教えてくれた。

「祖母の生まれは埼玉県の秩父地方で、実家は周囲同様に養蚕農家でした。昔は人間より蚕のほうが偉く、生活のすべてが蚕を中心にまわっていたと祖母からは聞きました」

その頃の、出来事だそうです。


ある放課後、祖母は同級生の家へ遊びに出かけたのだという。

縁側でおままごとを楽しんでいると、ふいに家の何処かで「にゃあ」と声が聞こえた。当時、そのあたりでは猫を飼っている家は珍しくなかった。養蚕農家にとって大敵の鼠を捕まえるためである。彼女の家もそうなのだろうと、祖母は疑いもしなかった。

ところが「にゃんこ見せて」と頼んでも、同級生は「ウチには猫なんて居ないよ」と、不思議そうにかぶりを振った。その間にも、猫の声は絶えず聞こえている。

戸惑っていると、同級生が「あ」と小さく叫んで立ちあがった。

「もしかして」

そう言うなり、同級生は唇へ人差し指をあてて、静かにするよう無言で告げてから、祖母の袖《そで》を引いた。

　連れられるままに辿《たど》り着いたのは、廊下の奥にある和室だった。

「ちょっとだけ襖《ふすま》を開けてね。静かに覗《のぞ》かないと逃げちゃうからね」

　小声で囁《ささや》いて、同級生が祖母を促す。

　なんだ、やっぱり猫が居るんじゃないか。どうして居ないなんて言うんだろう。

　同級生の態度に釈然としないものを感じつつも、祖母はそろそろと襖に手をかけた。

　隙間から縦に射しこんだ光の筋が、畳から床の間までを一直線に照らしている。床の間には、何も描かれていない無地の掛け軸がだらりと下がっており、その手前で、一匹の猫が遊んでいた。

　輪郭のぼんやりとした猫だった。薄墨でもまとったように、身体の線が覚束《おぼつか》ない。

　光の加減かと思ったが、よく見れば目鼻も耳も、妙に落ち着きがなかった。

「運がいいね、めったに見れないんだよ」

　同級生が興奮した口調で呟《つぶや》く。と、表でトラックの停まる音が聞こえ、間もなく同級生の父親が汗を拭《ふ》き拭き帰ってきた。

「あれ、おんなし（女の子たち）、何してけつかる」

　襖の前で佇《たたず》むふたりを見て、父親はにやりと笑った。

「おお、ウチの猫絵がまた遊んでらしたんか。ま、アレがあるからウチではオコサマが鼠にやられねえんだ」

父親はそう言ってから襖に向かって、音を立てぬようそっと柏手《かしわで》を打った。

翌週、再び同級生の家を訪ねた祖母は、あの部屋をこっそりと覗いてみたのだという。猫は何処にもいなかった。

無地だったはずの掛け軸には、洒脱《しゃだつ》な筆さばきで一匹の猫が描かれていたそうだ。

【新田猫】

岩松新田家の代々の殿様、岩松義寄から俊純まで四代の殿様がそれぞれ描いた猫の絵を総称してこう呼ぶ。鼠除けに効果があるとされ、埼玉や群馬などを中心に養蚕農家の間で重宝されたという。四代の殿様は「猫の殿様」と呼ばれ、大変に愛されたそうだ。

かつて養蚕がとりわけ盛んであった埼玉県では一九九五年、着物の帯地用として育てられていた黄緑色の繭をかけあわせ「いろどり」という新しい繭を完成させた。現在でも「いろどり」は、昔ながらの養蚕地、秩父地方を中心に生産されている。

於岩稲荷

東京都

私自身の体験である。

私は毎年五月に決まって上京する。この時期に催される某文学賞の記念パーティーに参加し、旧交を温めるためである。

パーティーには怪談関係者をはじめとして顔馴染《かおなじ》みが多い。ともすればこの席でしか会わない面子《メンツ》もいるからおのずと話は弾み、二次会、三次会と帰りがずいぶん遅くなる。

その日も、お開きとなったのは午前三時をまわった頃であった。

タクシーに乗り、定宿にしている四谷のホテルを告げる。懐かしい顔ぶれと盛りあがった高揚感が醒《さ》めやらぬまま、私はシートに腰を預けていた。

たぶん、その興奮が気まぐれを呼んだのではと思う。駅が見えるなり、私はホテルからずいぶん手前にタクシーを停めてもらった。

於岩稲荷田宮神社《おいわいなりたみやじんじゃ》、通称「お岩稲荷」へ参拝してから帰ろうと考えたのだ。

お岩稲荷はその名のとおり「四谷怪談」の登場人物、お岩を祀《まつ》っているとされる神社である。古くから「四谷怪談」を芝居や映画などで上演する場合は、この神社へ参拝を果たさないと祟《たた》りがあると伝えられており、事実「四谷怪談」をモチーフにした作品の中には、関係者が不慮の死を遂げたり、不幸に遭ったという報告が多数なされている。

もっとも、その大半はこじつけに過ぎない。

そもそも、かの有名な歌舞伎「東海道四谷怪談」自体創作なのだ。お岩と伊《い》右衛《え》門《もん》は実在の人物だが、そのキャラクターは史実とは大きく異なっている。架空の物語だもの、祟るも呪うも有り得ないのだ。

そんな考えであったから、怖気《おじけ》づくはずもなかった。ならばなぜ参拝したのだと問われれば、文字どおり単なる酔狂だったとしか言いようがない。


こぢんまりとした境内には、当然ながら人影は見あたらなかった。酔いにまかせて携帯電話で何枚か写真を撮影してみたが、どれも暗すぎてよく解らない。

そのうちに、小雨がぱらぱらと降ってきた。

とっとと賽銭《さいせん》を投げ入れて、宿に戻るか。

寒さに肩をすくめながら財布を覗いた私は、思わず舌を打つ。

小銭が、まるで入っていなかったのだ。

考えてみれば、上京する直前にATMで紙幣を引きだして以来、此処《ここ》に来るまでクレジットカードしか使っていなかった。釣り銭を貰《もら》う機会がなかったのだから、小銭がなくて当たり前である。

「すまんね、お札を崩したらまた来るから。何なら受け取りにきても構わんよ」

お堂に向かって軽口を叩くと、宿へ続く道を小走りで急いだ。


午前四時頃であったように思う。

シャワーを浴びてからシングルベッドに身体を投げ出していると、ふいにドアが軽くノックされた。

驚いてドアを凝視しているうち、再びドアを叩く音が聞こえた。

隣室の泊まり客がクレームでも寄越したのか。明け方にシャワーはマズかったかな。

頭を掻《か》きつつベッドから起きあがり、入口へ向かう。

数歩目で、おや、と思った。

火事の際に煙を逃がすためだろうか、ドアの最下部は、わずかな隙間が空いている。

そこから、廊下の光が剃刀《かみそり》の刃のようにすらりと床を照らしていた。

おかしくはないか。

もし人が立っているのだとすれば、光は遮られるのではないか。

躊躇《ちゅうちょ》している間にも、ドアは、ほとほと、ほとほと、と力なく鳴っている。

聞こえなかった事にして、私はベッドへ潜りこんだ。

夜が明けきるまで、音は続いていたように憶《おぼ》えている。

翌朝。ホテルを出て駅に向かう道すがら、私は煙草を買うためコンビニへ立ち寄った。レジで財布から紙幣を取り出そうとした瞬間、私はある事に気がついて絶句した。

小銭が入っている。

そうだった。昨晩チェックインを済ませたのち、私は酔い覚ましに飲み物を買おうとフロントで一万円札を崩してもらい、千円札の一枚を自動販売機に入れて、スポーツドリンクを買ったのだ。財布に入っているのは、その時の釣り銭なのだ。

数時間前に自分が発した言葉を、思いだす。

何なら受け取りにきても構わんよ。

来たのか。

私はコンビニを出るなり駅へ向かう道を逸《そ》れて小路に入り、昨晩ホテルへ歩いた道を逆走した。

そして、お岩稲荷に到着するなり昨夜の非礼を詫《わ》びてから、釣り銭のすべてを賽銭箱に投げ入れたのである。

迅速な対応が功を奏したのか、それ以来、奇妙な事は起きていない。

以下の原稿を、私は自宅の書斎でつい今しがたまで執筆していた。

書いている最中、部屋のドアが何度か軽く鳴ったのを、私は確かに聞いている。

真夜中であるから、人が訪ねてくるはずもない。やはり、明け方まで音は続いた。

次に上京した折は、取材費と称して一万円札でも賽銭箱に入れてくるべきか。現在、非常に悩んでいる。

【於岩稲荷】

史実によれば、田宮神社そのものの縁起も巷間《こうかん》に流布しているものとはずいぶん隔たりがある。神社は元々田宮家の屋敷神が祀られていた敷地であり、お岩が熱心に信仰したおかげで傾いていた田宮家は再興を果たした。後年、人々はその信心を讃《たた》え、跡地を「於岩稲荷」と呼んで参拝に訪れるようになった、というのである。祟りはまったく関係がないのだ。

於岩稲荷は一八七九年、四谷左門町の火事で社殿が焼失した際に、隅田川畔の田宮家屋敷内に移転されている。中央区新川にある於岩稲荷神社がそれにあたり、戦中に焼失したものの、戦後に四谷の於岩稲荷と併せて復活。現在はふたつの於岩稲荷が存在している。

紅茶と彼岸花

神奈川県

都内にお住まいの女性より、うかがった話である。

葬儀の日は、雨だった。

葬祭ホールへ着く頃には喪服がじっとり濡《ぬ》れていたが、さして厭《いや》だとは思わなかった。参列席で隣になった男の煙草臭さも、読経《どきょう》がやけに長いのも、同級生らしき男の弔辞も、何ひとつ心を動かしはしなかった。

微笑んでいる遺影と目が合った瞬間だけ、ちょっぴり胸の奥がずきりとした。

ひそかに愛しあった人だった。

大きな仕事を共にこなしていくなか、同僚としての絆《きずな》が男女のそれに変わるまでには、さして時間がかからなかった。

彼は、自分の嗜好《しこう》を押しつけない人だった。ラグビーをこよなく愛する人物だったから、本当ならば一緒にスポーツ観戦でもしたかったはずなのに、彼女の趣味である寺社めぐりにいつも黙って同行した。今にしてみれば、妻子ある身で彼女を無責任に繋《つな》ぎ止めている、そんな負い目があったのだと思う。

一度きり、彼をなじった事がある。

今日のような雨の日の、秋の鎌倉だった。

彼岸花が咲き誇る寺を見たいと歩きだした彼女に向かい、彼は「縁起が悪い花だろう、うちの田舎じゃ幸福が逃げると嫌われたもんさ」と吐き捨てた。

衝動的に、彼の頬を張っていた。

逃げるほどの幸福が私にあるのか。

ふたりの先に続く道に、どんな幸福があるというのか。

人目も憚《はばか》らず泣く彼女へ、彼は黙って頭を下げ続ける。結局、彼岸花の寺は、そのまま見そこねてしまった。

帰りの車中では、彼女のほうがひたすら謝った。

あなたといる時間もかけがえがないのだ。そう告げる彼女を抱きしめながら、彼は共に再訪すると誓った。

「来年、彼岸花が咲く頃にふたりでまた来よう。その時は〝あなたの田舎の迷信ってば、アテにならないわね〟と笑ってやってくれ。僕らなりのやり方で、幸せになろう」

約束は、かなわなかった。

数日後、彼に末期癌が見つかったのである。

入院先には、たった一度だけ見舞いに行った。駅前の駐車場で彼の妻を見かけた瞬間、衝動的に彼女はハンドルを病院の方角へ切っていた。

褐色だった肌こそ生白くなってはいたものの、彼は思ったよりも元気そうだった。突然訪れた彼女に驚くふうもなく、病院の食事は味つけが薄いとか若い看護師の注射が下手で困るといった他愛《たわい》もない話ばかり喋《しゃべ》り続けた。ふたりの行く末をにおわせるような台詞《せりふ》は、露ほども漏らさなかった。彼女も、何も訊《き》かなかった。

帰り際である。

「お大事に」と頭を下げて、病室の引き戸を閉めきる直前、

「彼岸花、もう見れない。ごめん」

彼が、窓の外を見たままで静かに呟《つぶや》いた。

答えぬままにそっと扉を閉めて、駐車場で一時間ほど泣いた。

訃《ふ》報《ほう》は、その翌週に届いた。


前の列に座っていた一団が立ちあがって、棺の前へとゆるゆる進みはじめた。彼らの手には、棺へ納めるための白菊が握りしめられている。ほどなくセレモニーホールの若い女性職員がやって来て、彼女の列にも手向けの花を渡しはじめた。

受けとった白菊を膝《ひざ》の上へ置いてから、そっとハンドバッグに手を伸ばす。手さぐりでハンカチにくるんでおいた彼岸花を静かに取りだして、白菊に重ねた。茎に触れた途端、手折った時の感触を指が思いだす。昨日、鎌倉まで足を向けて、こっそり手折った

彼岸花だった。奇跡的にまだ咲いていた一本だった。

棺へ向かうと、彼は病院で見たあの日よりも白くなっていた。

思い出に刻まれている日焼けした姿が薄れてしまいそうで、あまり顔は見なかった。

首筋へ接吻《せっぷん》の痕《あと》をつけるように真っ赤な花弁を置くと、足早に席へ戻った。

葬儀場をあとにした帰り道、彼女は久しぶりに紅茶の専門店へ立ち寄り、彼が家を訪ねてくるたびに飲んでいたアッサムティーを買い求めた。

彼が快復するようにと願掛けのつもりで絶っていた紅茶だった。今は、飲む事が供養になるような気がした。彼と自分しか知らない秘密の味が、唯一の絆に思えた。


家に到着し、力なく靴を脱いでいると、玄関のタイルに赤い汚れが見えた。

何かと屈みこんで確かめた途端、鳥肌が腕じゅうに立った。

むしりとられた彼岸花の花弁が、まき散らされたように玄関を飾っている。

細い指で捩《ねじ》ったような、ちぎれ方だった。

まなざしを床に這《は》わせていた、彼の妻の顔を思いだした。


気を落ち着かせようと飲んだアッサムティーは、鉄錆《てつさび》のような味がしたという。

彼女の味覚が変わってしまったのか、それとも他に理由があるのか、それは解らない。

ともあれ、その日以来彼女は紅茶を一口も飲めなくなった。彼岸花も、大嫌いになった。

彼の妻とは時おり駅前ですれ違う。

いつも、灼《や》けるように赤い服を着ているという。


昨秋の話だそうである。


【英勝寺】

神奈川県鎌倉市にある、浄土宗の寺院。鎌倉で唯一の尼寺としても知られている。

徳川家康の側室であったお勝の方が家康の死後仏門に入り、英勝院と名乗って創建した。その後も代々の住職を水戸家の姫が務めた事から、水戸御殿と呼ばれた。明治維新以降は松平家より、さらに大正時代からは東京の善光寺より住職を招請し、今日に至っている。

境内には四季折々の花々が咲いており、拝観する者の目を楽しませている。とりわけ、彼岸花は株数の多さから、鎌倉随一と謳《うた》われるほどであるという。

樹海三題

山梨県

怪談を聞き集めていると、「樹海にまつわる怪異譚《かいいたん》」にしばしば遭遇する。興味深い事にその大半は「知人の知人が……」といった、言い方は悪いが眉唾物《まゆつばもの》の話ばかりなのである。

自殺の名所、迷ったら二度と出られない森、コンパスが狂う謎の磁場……そんな〝負の要素〟の豊富さゆえ、樹海は怪異譚の舞台に仕立てあげやすいのかもしれない。

だが、ごくまれに「私が体験しました」と、当事者にお会いするケースもある。そして、そういった話は総じて短く、淡々としていて、ゆえに怖い。

カメラマンのSさんは数年前、撮影のために樹海を訪れた。

「心霊系じゃないです。ある会社のパンフに使う写真素材が欲しくて出かけたんですよ。あそこは原始林が深いので、幻想的な風景写真が撮れるんです」

到着したのは昼過ぎ。遊歩道をしばらく進んでから、道を逸《そ》れて林の中へと踏みだす。十数歩ごと、梱包《こんぽう》に使用するスズランテープを樹木に固く結びつけて進んだ。

「ちょっぴり奥のほうで撮影したかったんで、念のための迷子対策です。こうしておけばテープを辿《たど》って、来た道に戻れると考えたんですよ」

目についた風景を次々とフィルムにおさめつつ、足場の悪い溶岩を越え、うねる樹木の間を潜《くぐ》って歩みを進める。三十分も経った頃には、シャツがじっとり汗ばんでいたという。

確か、リュックにタオルを入れていたよな。

足を止めて、そこらに腰をおろそうと何気なく振りかえる。

「は」

ほうぼうの樹に結んだはずのテープが、目の前の枝へひとまとめに結わえられていた。自分の結び方とはまるで違う、でたらめな結び目だったという。

「誰が、とか、何で、とか考える間もなく、すぐに逃げましたよ」

帰ってから現像してみたところ、フィルムは何故かすべて感光していたそうである。

Y君という青年が、仲間と青木ヶ原へキャンプに出かけた。

「樹海の中じゃなくて、すぐ近くにあるキャンプ場に行ったんです。清潔だし設備も整っているんで、結構人気なんですよ。樹海に泊まるほど物好きじゃないですってば」

だが、人数が集まれば、なかには〝物好き〟な人間も交ざってくる。

夜、たき火を囲んでいると、酔っぱらった仲間の一人が「樹海ツアー行こうぜ」と言いだした。周囲は笑ってすませようとしたが、その態度が却って癇《かん》に障ったのか本人は「絶対に行くからな」とナップザックへ荷物を詰めはじめている。

危ないから止めろと窘《たしな》めているうちに、次第に喧嘩《けんか》の様相を呈してきた。

「お前、そんな態度で行ったら祟《たた》られんだからな」

冗談めかして場をおさめようとした一人の胸ぐらを、樹海行きを言い出した仲間が摑《つか》む。

「何が祟りだよ、バーカ。来るなら来てみろってんだよ、オラ」

その途端、全員の携帯電話がワンコールだけ一斉に鳴った。

着信履歴には、それぞれの電話番号が表示されていた。

「自分で自分に電話って、できないよね」

脅えた声で、メンバーの女性が呟く。樹海行きを宣《のたま》っていた仲間は、腰が抜けたのかその場にへたりこんでいた。

二泊のキャンプは、一泊に変更されたそうである。

夕方、河口湖沿いを巡るハイキングを終えたUさんは、湖畔近くのバス停で路線バスを待っていた。

表示板に書かれている到着時刻は、すでに二分ほど過ぎていた。のんびり待とうと煙草を吹かしているうち、遠くからヘッドライトが近づいてきた。

あ、喫煙所じゃないのに叱られるかな。

慌ててヘッドライトに背を向けると、足下へ煙草を落として靴で踏む。と、何気なく巡らせた視線が、ライトに伸びる自身の影をとらえた。

自分の周りに、数名の人影が揺れている。

影であるから明瞭《はっき》りとは判らないが、人影はみな俯《うつむ》いているように見えたという。

バスが到着しておそるおそる顔をあげてみると、やはり周囲には誰もいなかった。

何度か通っているが、そんな事はその時ただ一度きりであったそうだ。

【青木ヶ原樹海】

山梨県富士河口湖町と鳴沢村にまたがる原野。富士山北西部に位置する事から「富士の樹海」と呼ばれている。八六四年に発生した大規模な噴火の際、流れた溶岩の上に形成されており、溶岩質の土壌であることから養分が少なく、その結果数多くの樹々が密生している。国指定の天然記念物であり、国立公園として特別保護地域、および特別地区に指定されているため、林道以外の立ち入りは法律で禁じられている。知らない人間は暗いイメージを抱きがちな樹海だが、遊歩道やキャンプ場も有しており、森林浴で人気の観光地でもある。

寝ている男

長野県

Kさんという関西在住の男性が、大学時代に友人のS君から聞いた話である。

二十年ほど前の出来事だそうだ。

二年生の冬、S君は先輩たちと連れ立って長野県の上高地を訪れた。

夏場はハイキングや避暑地としてにぎわう上高地も、冬を迎えると豪雪のため車両の乗り入れが一切かなわなくなる。ならば、それを逆手にとり、大雪原を歩いて楽しもうという試みであった。トレッキングという言葉が広く浸透する、ほんのすこし前の話だ。

M市からバスに乗り、車両の通行が止められている手前で降りる。

ざくり、ざくり、と靴を鳴らす新雪を耳で味わい、白い雪帽子を被《かぶ》った山頂を眺めて目を楽しませる。足を進めるうちに、彼らはトンネルに辿り着いた。

一見して、奇妙なトンネルだった。

歪《いびつ》な輪郭の入口は、来る者を拒むかのようで何やら禍々《まがまが》しかったし、坑内に踏みこめば電気の類《たぐい》がまるでないのに驚かされた。ヘッドライトに照らされた天井は思いのほか近く、本当にこんなところを車が通れるのだろうかと、他人事《ひとごと》ながら不安になった。

訝《いぶか》しむ表情を見た先輩のひとりが「此処《ここ》はそれぞれの入口に信号があってな、自動車は交互に通るんや。夏も来たが、そりゃあひどい渋滞やった」と教えてくれた。

よく見れば、壁も天井もひどく煤《すす》けている。足止めを食らった車がアクセルを吹かし、排ガスをまき散らしたのだろう。まるで、空焚《からだ》きした鍋《なべ》の焦げ底のようだった。

驚愕《きょうがく》しながら再び歩きだした矢先、別の先輩がするりと近くに寄ってきたかと思うと、「気をつけや」と嬉《うれ》しそうに囁《ささや》いた。

「此処、幽霊が出るんやで」

今でこそトンネルを出た先に雪崩除《なだれよ》けが設置されているが、昔は雪の斜面が眼前に迫っていたらしい。登山客の中には、不運にも崩落に呑《の》まれた者もいたのだという。

その人々が、出る。

先輩はそう告げて、再び「気をつけや」と笑った。

幽霊の類を信じる質《たち》ではなかったが、場所が場所だけに笑いとばす気にはなれない。

雪山には充分注意せよとの教訓みたいなものだろう。

そう自分を戒めて、S君はみたび歩みを進めた。

五分ほども歩いただろうか。ふと、前方のぼんやりとした灯《あか》りに妙なものを見つけて、彼の歩調がわずかに遅くなった。

坑内に、人が横たわっている。

半シュラと呼ばれる、下半身だけを沈める形式のシュラフに潜ったまま、男が道の脇に転がっているのである。

確かに、冬登山の場合は風雪を避けてトンネルや洞穴で野宿する場合もある。しかし、ここはまだ登り口なのだ。その気になればトンネルを抜け、バスで町まで下れるのだ。いったいぜんたい、どうしてこのように半端な場所で寝ているのだろう。

たいそう不思議に思ったが、十数歩先を歩いている先輩たちは寝ている男をさして気にする様子もなく、ただ黙々と歩いている。

もしかして、これが普通なのだろうか。

自分が無知なだけで、此処では当たり前の光景なのだろうか。

訝しんでいるうち、当の先輩たちが男の寝ている位置まで辿り着いた。相変わらず皆は男を避ける気配がない。それどころか、耳を蹴《け》りあげそうな近距離を歩いている。

にわかに動悸《どうき》を激しくさせながら、S君は慌てて背中を追った。独りぼっちであの男の脇を通り過ぎるかと思うと、堪《たま》らない気持ちになったのだそうだ。

傍らを抜ける際、ちらりと横目で男を確かめた。

男は、ぼんやりと天井を見つめている。うつろな目は、微塵《みじん》も動く気配がなかった。

ぞっとして、先輩が囁いた言葉を思いだした。

幽霊、出るんやで。

だが、その怖気《おぞけ》は、すぐに臆病《おくびょう》な自分への嘲笑《ちょうしょう》に変わった。

横たわる幽霊など、いるはずがないではないか。そもそも幽霊というのは怨《うら》みがましく空中に浮かんでいるものと相場が決まっている。少なくともシュラフに入ってはいないだろう。

世の中には、変わった人間もいるのだ。それだけの事だ。

そう言い聞かせるとS君は足を速めて、先輩のグループを追いかけた。

「あの人、いったい何ですかね」

ようやく坑内を抜けたと同時に、彼はすぐさま先輩に訊《たず》ねる。

ところが、先輩たちは誰もそんな人物は見ていないと言い張った。口調からして、彼を担いでいるような雰囲気は見受けられない。

「幽霊や、幽霊としか考えられへん」

坑内で彼を脅した先輩が、楽しげに顔を綻《ほころ》ばせる。

「でも」

S君は抗《あらが》った。先ほどの自説を述べ、必死にあの男は幽霊などではないと抵抗した。

と、はじめにトンネルの解説をしてくれた先輩が、おもむろに口を開いた。

「昔はな、今よりもさらに道が悪かったんやって。せやからいざ遭難しても、救援が辿《たど》り着くまでには、ようけ時間がかかったらしいんや」

はあ、と惚《ほう》けた返事をする彼を一瞥《いちべつ》して、先輩が言葉を続ける。

「つまり……山で死んでもすぐには街まで下ろされへん。そういう時は仕方がないから、助けの車が来るまで」

遺体を、あのトンネルに保管していたんや。

幸いにも、帰りは何を見る事もなく、無事にトンネルを抜けたそうだ。

【釜《かま》トンネル】

長野県の上高地へと通じる隧道《すいどう》。その歴史は古く、最初のトンネルが開通したのは一九二六年、すべて手掘りでの建設であったという。戦後は何度となく改修がおこなわれたが、幅員も高さも決して広いとはいえず、夏にはたびたびトンネル内で大渋滞が起こった。観光バスも、トンネルを通過するため車高を低くした特注のものが利用されていたそうだ。二〇〇五年に新しいトンネルが開通した現在、文中に登場した旧釜トンネルは全面通行止めとなっている。

駿河の裏富士

静岡県

A子さんは、静岡県にお住まいの主婦である。

「夫とはカルチャースクールで知り合ったんです。お互い趣味が共通だったのですぐに打ち解けて、二ヶ月でゴールイン。結婚三年目の今も、ほとんど喧嘩《けんか》はありません」

そんなふたりが唯一もめるのが〝富士山〟なのだという。

先述のとおり、彼女は静岡県のS市にあるマンションで暮らしている。窓を開けると、町並みと駿河《するが》湾の彼方《かなた》に富士山が見える。浮世絵や観光写真などにも使われる、いわゆる「表富士」と称される眺望である。生まれも育ちも静岡の旦那《だんな》さんは、この表富士こそが最高だと言って憚《はばか》らない。かたや彼女の実家は山梨県の富士五湖近く、通称「裏富士」を望む土地にあった。

「その呼び名からして聞き捨てならないんですよね。何で静岡が表で山梨が裏なのって。お札に描かれている富士山だって、山梨から見た景色なんですよ」

普段は仲睦《なかむつ》まじいA子さん夫婦だったが、話題が「富士山」になると激しい応酬に発展するのが常だった。はなから山梨側を小馬鹿にした態度でからかう旦那さんに、「登っとう事もない人間がほんな主張しちょ」とお国訛《くになま》りでA子さんが張り合う。結果、一日中口をきかないという日も珍しくなかったそうだ。

「自分でもバカバカしいとは思ってるんですけど、そこだけは譲れないんですよね」

ある朝。A子さんが朝食の支度をしていると、旦那さんが、「おい、ちょっと来てよ」と彼女を呼んだ。キッチンから首を伸ばしてみれば、旦那さんはベランダで表を眺めている。

やれやれ、どうせ表富士が綺麗《きれい》だとか言うんでしょ。朝から喧嘩売ってんのかしら。苛立《いらだ》ちつつ、エプロンで濡《ぬ》れた手を拭《ふ》いてベランダへ向かい、旦那さんの隣に立った。

「え」

凹凸の激しい山頂付近。毎日見ているそれとは、明らかに異なった稜線《りょうせん》。

窓の外にそびえているのは、紛《まご》う事なき「裏富士」だった。

「なんで——」

と、呆然《ぼうぜん》とするふたりの背後で、家の電話がけたたましく鳴った。慌ててリビングへ戻り、受話器をあげる。

電話は、祖父が入所している老人ホームからだった。

今しがた、眠るように息を引き取ったという悲しい報《しら》せだった。

「……はい、はい。いえ、ウチは両親とも早くに亡くなったもので親族は私だけで……解りました。このあとすぐにうかがいます……」

そっと受話器をおろす。雰囲気を察し、真横でやりとりに耳を傾けていた旦那さんが、彼女の肩を抱いた。

「おじいちゃん……今朝……」

嗚咽《おえつ》を堪《こら》えながら答えるA子さんに、旦那さんが「そうか……だから裏富士なのか」と漏らす。その言葉に、はっとした。

祖父は一年ほど前にS市内の老人ホームへ入所していた。独り暮らしを憂慮したすえ、頻繁に顔を見に行ける場所が良いだろうと、長らく住んだ山梨の実家から静岡の施設へ移り住んでもらったのだという。

「……この間、死ぬ前にもういっぺんだけ山梨の富士山が見たいって言ってたもんな」

旦那さんの台詞《せりふ》に頷《うなず》いて、再び窓の外へ視線を移す。

富士山は、すでにいつも通りの姿に戻っていた。


「あれ以来、夫は〝裏富士も悪くないかもな〟と言うようになりました。おかげで唯一の喧嘩の種もなくなっちゃって……おじいちゃんの、おかげです」

A子さんはそう言って、すこしだけ寂しそうに笑った。

次の春には、祖父の遺影を持って裏富士を夫婦で見に行く予定だという。

【富士山の怪】

静岡県の富士山近辺には、数多くの怪しい伝承や史跡が伝わっている。

なかでも静岡県富士宮市にある人穴浅間神社《ひとあなせんげん》は、富士信仰の祖である角《かく》行《ぎょう》が最期を迎えた場所として知られている。無数の石塔が建ち並ぶ境内の一角には人穴と呼ばれる深く暗い洞穴があり、神奈川県の江ノ島に通じていると噂されている。その禍々しい雰囲気も相まって、数多くの怪異が発生する心霊スポットとして知られているそうだ。

夢の中の男

岐阜県

Nさんという関東在住の女性から、知人を介して妙な連絡をいただいた。本来であれば「ご当地怪談」の主旨からは外れるのだが、何とも奇妙な報告であったため、読者諸兄にうかがう意味もこめて、ここに記す次第である。

彼女は、二ヶ月以上にわたって毎夜同じ夢を見ているのだという。

夢は、見知らぬ山の頂に立っているところから始まる。

見渡せば、抜けるような青空の彼方に海がちいさく見える。雄大なパノラマに見惚《みほ》れていると、ふいに背後から温《ぬる》い風が吹き、彼女は振り返ってしまう。

視界の先には古びた墓石がびっしりと並んでおり、その真ん前に、眼球のない老人が立っている。

「柹田《かきた》の墓になぜこない」

老人は、ぽっかり穿《うが》たれた眼で彼女を睨《にら》みながらその台詞を繰り返す。よくよく見れば、老人は風景に溶けこんでいない。まるでひと昔前の合成映像のように、周囲《しゅうい》の景色から浮いている。

「栜田の墓になぜこない」

老人が忌々しそうな表情で言葉を吐くたび、彼女は申し訳なさで居たたまれなくなる。このまま、向こうに見える崖《がけ》から身を投じようかという心持ちになってしまう。

「参ります。お墓参りに行きます」

絞りだすように答えてから、彼女は墓の所在を知らない事に気づく。困惑を見透かしているのか、すかさず老人が「岐阜にこい」と呟《つぶや》き。

夢は終わる。

これだけならば、取りあげる必要もないように思う。

所詮《しょせん》、夢は夢である。怪異でも何でもない。

だが。

この夢を見はじめて以来、彼女の家では生き物が次々に死んでいる。

初めて夢を見た翌日、水槽のサーモスタットが壊れて熱帯魚が茹《ゆ》であがった。翌週に

は目を離した隙に逃げだした飼い猫が、家の前の路地でワンボックスカーに轢《ひ》かれて死

んだ。

実家のインコは檻《おり》に首が挟まって血だらけで絶命し、交際相手の家で可愛がられてい

た豆柴《まめしば》は、散歩中に農業用水路へ駆けだし、そのまま流れに飛びこんだ。

もっとも、動物だけであればそれほど悩みはしなかっただろうと、彼女は言う。

夢を見るようになってから二週間後、母親がもらい事故に遭って両足を骨折。その母を見舞いに訪れた帰り道、父が駅構内で転倒して脳挫傷《のうざしょう》。その翌週には、交際相手の父親が仕事場の工場で誤って親指を切断し、当の交際相手は酔漢に絡まれ、顔を二十針も縫う大怪我を負った。そして、彼女自身に腫瘍《しゅよう》が見つかったのが、連絡をくれる前日の事。

「本当に、偶然なのでしょうか」

涙声でそう漏らす彼女に、私は何も答えられなかった。

彼女は岐阜にはまったく縁がない。

親類縁者もいなければ、友人知人にも岐阜の出身者は存在しない。

むろん、行った事もない。

「岐阜って海がないですよね。なのに海が見えるというのはどういう事なんでしょう」

彼女は現在も、夢の手がかりを探して奔走している。

老人の眼窩《がんか》が日毎に広がっているのが、恐ろしくて堪《たま》らないという。

【海のない県】

海岸線を持たない県は日本に八つほど存在する。しかし、奈良県の生駒山からは大阪湾が望め、長野県小谷村では一部の集落において日本海が見えるという。

本文に出てくるような場所が岐阜県内にないものか調べたところ、多治見《たじみ》市の「潮見の森」から海が見えると判明した。地名も伊勢《いせ》湾が見える事からその名がついたのだという。しかし、もしかしたら他にも該当箇所があるのかもしれない。岐阜県民、ならびに情報をお持ちの方からの連絡をお待ちしたい。

橋の女

愛知県

名古屋市のバーに勤めるZ君から、東京駅の喫茶店でうかがった話である。

ある午後、Z君は市内の繁華街に架かる橋のたもとで、友人と待ち合わせをしていた。

「どうも」

突然の声に振り向くと、長髪の女がこちらを覗《のぞ》きこむように笑っている。

髪型がやけに古臭い女だった。肌は砂のように艶《つや》がなくてざらざらと黄色く、着ているワンピースもくたびれて見える。あからさまに安い香水が、ぷんと匂った。

「どちらさん……でしたかね」

おずおず訊《たず》ねてみたものの、女は笑っているばかりで返事をする気配はない。やがて、彼が呆然《ぼうぜん》としているうちに、くるりと向きを変えて雑踏に消えてしまった。

ちょっと、アレな人なのかもしれんな。

気を取り直して再び友人を待っていると、

「どうもお」

再び女が声をかけてきた。

今度は相手にするまいと無視したが、女は彼の周囲を歩きまわっているようで、視界に汚れたワンピースがちらちらと入りこむ。

鬱陶《うっとう》しいな、もう。

目を合わせぬよう俯《うつむ》いた途端、泥でも吸っているかのように黒ずんだワンピースの裾《すそ》が靴の先に飛びこんできた。

驚いて顔をあげたが、女は何処にもいなかったという。

その晩。

バーへ出勤するなり、グラスを磨いていたマスターが「お、どこの姉ちゃんとヨロシクやってきた」とZ君を小突いた。

意味が解らずぽかんとする彼に構わず、マスターは鼻をつまむ動作をしながら「しらばっくれんなや、こんだけ香水の匂いをさせて。誰と会ったんだ」と笑っている。

その日待ち合わせていたのは高校の同級生で、ラグビー部出身の汗くさい大男である。行った先も食い放題のカレー屋であったから、香水が染みつくような場所ではない。

必死で弁明するうち、彼は昼間の一件を思いだした。

「そういえば、橋で……」

話を聞き終えるなり、マスターが「それ、マズイな」と顔を曇らせる。

マスターによればあの橋はかつて、春をひさぐ女性が客と待ち合わせをする場所だったのだという。

「今はほとんどおらんがね、昔はようけおったよ。ただ、女のなかにはあんまり恵まれん死に方をした者もおったらしくて、たまに化けてあそこに立つんやと聞いた。特に」

その女の話をすると、来るらしいぞ。

芝居がかった重苦しい声でマスターが呟いた瞬間、樫《かし》で作られた入口の分厚いドアが、がしゃん、と揺れた。

驚いて視線を入口に向けると、扉にぶら下げているドアベルの鎖が絡まって、出鱈目《でたらめ》な方向にひっくり返っている。

「お、お客さんですよ」

黙りこくるマスターへ無理やり笑いかけながら、Z君は鎖をほどきに扉へ走った。

「店に入ろうとした客が扉に手をかけて、そのまま把手《とって》を離したんですよ」

自分で言いながら、待てよ、と思った。

ドアベルをあれほど激しく鳴らすためには、ベルを一度上へ高く持ちあげてから、手を離さなければいけない。外から開閉したくらいでは、無理なのだ。

無言でカウンターへ戻ってきた彼に、マスターが「その女の話したからや」と、告げたとほぼ同時に、さっきより派手な音で、ドアベルが再び鳴ったという。

「以来、この話をするのは初めてです。東京でお会いできるなら大丈夫かと思って……。

「あの、名古屋に来た時は、絶対にこの話、しないほうがいいですよ」

何度も背後をうかがいながら、Z君は脅えたまなざしで話を終えた。

【納屋橋《なやばし》】

名古屋市街の中心部、広小路通の堀川に架けられた橋である。一六一〇年に堀川が掘削された際に架けられ、「堀川七橋」のひとつにも数えられている。近隣に魚屋もしくは納屋が多数あったためその名がついたという説と、橋の南東に尾張藩の米蔵があり、それを指してこの名前になったという説がある。

一八八六年、納屋橋のそばに開店した「伊勢屋」で饅頭《まんじゅう》を売りだしたところ、これが大変に好評を集め、納屋橋の架け替え工事の際には「伊勢屋」創業者の一家が渡り初めに抜擢《ばってき》された。以来、屋号を「納屋橋饅頭《なやばしまんじゅう》」とし、現在も名古屋銘菓として広く愛されている。

奇妙な魚

福井県

Yさんの叔父《おじ》は、祖父の代から若狭湾に面したT町で漁業を営んでいる。

「わい（私）がガキん頃から、若狭の魚ちゅうたらグジやね。あれはヨソで食べれん」

グジとは甘鯛《あまだい》の俗称である。特に若狭湾で獲《と》れる甘鯛は「若狭もん」と呼ばれ、高級食材として珍重されてきたのだという。

叔父もまたグジを相手に暮らしてきた。延縄《はえなわ》という独特の釣り方でなければ柔らかな身が傷ついてしまうため、他の漁に比べて格段に手間がかかるのだそうだ。

「さやさかい、海におる時間も長いやろ。ほなら、たまに妙ちきりんなモノにも遭うわ」

そんな台詞《せりふ》を皮切りに、叔父が教えてくれた出来事だそうだ。

当時まだ二十代だった叔父は、父の船に半ば見習いとして乗っていた。

「親父がヌタ（波）を見てちょうど良い場所へ船をつけるまでの間に、わいは仕掛けに餌《えさ》をつけないかんど。百本ではきかん数の釣り針やもん。ようせんわ」

その日も叔父は明けきらぬ空の下、黙々と仕掛けを作っていた。

外海よりも暖かいとはいえ、朝の潮風は堪《こた》える。たちまちのうちに指先は真っ赤になったという。

痺《しび》れる手で懸命に餌をくくりつけていた、その最中。父親が突然「かあぁ」と溜息《ためいき》を漏らした。

「おい、今日はいかん。帰るぞ」

不思議に思った。

空も波も風も、いつも以上に穏やかである。漁を止めるような理由など見あたらない。どうしたものか。叔父は首をひねりながら、父親のもとへ近づいた。

「あっ」

船のすぐ傍らを、見慣れぬ魚が泳いでいた。

全長一メートルほどだろうか、尾や鰭《ひれ》はあきらかに魚なのだが、頭部から背中にかけて毛髪のような赤い糸状の束がみっしり絡みついている。

目鼻のあたりは人間に何処《どこ》となく似ていたが、眼球は魚のそれであった。叔父いわく「ボラに似ていた」という。

「魚かいや」

震える声で訊ねる叔父に、父親が「あんな、がっそうなった（毛髪が伸びている）魚はおらん」と答えた。

奇妙な魚はしばらく船へまとわりつくように泳いでいたが、やがて身体を二度、三度とくねらせてから、波の底へ消えていった。

魚の姿が見えなくなるなり、父は船を浜へ走らせた。あれが何であったのか訊ねようとしたが、「やかまし」と一蹴《いっしゅう》されてしまったという。

父がようやく口を開いたのは、港に着いてからだった。

「わいの親父どのも、見やんした事があると言うてた」

父によれば、祖父もあの奇妙な魚の名前は知らなかったらしい。しかし、「アレを殺すと海が荒れるし、海上でアレの話をすると寄ってくる」と教えてくれたのだそうだ。

「まあ、そういうわけの解らん事があるさかい、若狭の海は飽きねぇのよ」

話の終わりに、叔父はそう言って愉快そうに笑ったという。

昭和も半ばの話と聞いている。

【人魚】

福井県には人魚にまつわる伝承が数多く残っている。

『諸国里人談《しょこくりじんだん》』によれば宝永年間、若狭の漁師が岩の上で寝ている半人半魚の生物を舟の櫂《かい》で殴り殺したところ大風と海鳴りが七日続いたのち、ひと月後に地震が起こり、村ごと地面に呑《の》まれたという。また、若狭のとある漁村には人魚の肉を知らずに食べてしまった娘がいた。その後、娘は若いまま、八百歳まで生きた。のちに娘は出家して八百比丘尼《びくに》と名乗り、世を儚《はかな》んで岩《がん》窟《くつ》に消えたという。比丘尼が入定したとされる岩窟は同県小浜《おばま》市の空印寺《くいんじ》にある。また、比丘尼が越えたと伝えられる「尼来《あまぎ》峠」も存在する。

琵琶湖の怪

滋賀県

「やっぱり琵琶湖《びわこ》は日本一の湖やからね。人がようけ来るぶん、変わった話も多いわ」

そう仰《おつしや》るのは滋賀県出身の男性、Dさんである。

現在は京都にお住まいだが、趣味のバス釣りを楽しむため月に一度は琵琶湖を訪れるという。

そんな彼から、琵琶湖にまつわる不思議な話を幾つかうかがった。

彼いわく、琵琶湖では夜中に現地へ到着し、仮眠をとってから明け方に釣りはじめる人間が多いのだそうだ。

「アホほど広いから、移動にえらい時間とられんねん。結果、なるべく長い間竿《さお》を握っていたい〝釣りバカ〟ほど早起きになるわな。夏はバスも朝に動くし」

Dさんの知人男性も、そんな釣りバカの一人だった。

ある週末の夜、彼は仕事を終えるや奥琵琶湖まで車を走らせた。車中で仮眠をとって、早朝からバス釣りを楽しもうと目論《もくろ》んでいたのだという。

ところが、いつも車を停めている場所には先客らしきキャンピングカーの群れがいた。その後も穴場を幾つかまわってみたものの、週末とあって何処も埋まっている。仕方なく、普段は足を伸ばさない方向へ車を走らせるうちに、彼の車は小さな駐車場へと辿《たど》り着いた。

向かい側には漁港らしき施設が見える。此処《ここ》であれば、朝には船の動く音で自然と目が覚めるに違いない。

そう踏んだ彼は、さっそく車を停めてエンジンを切り、運転席を倒すと明日の釣果を想像しながら目を閉じた。一週間の疲れも手伝い、すぐに睡魔が襲ってきたという。

五分あまり経った頃だろうか。

突然のノイズで目が覚めた。

何事かと驚いて半身を起こせば、カーラジオが何やら喚《わめ》いている。耳を澄ましてみたが、ノイズがひどく内容はまるで聞きとれない。だが、はしばしに聞こえる男の声は、あまり語りなれている雰囲気ではなかったという。

トランシーバーか何かが混線したのかな。

とにかく、このままでは眠りの妨げになってしまう。ため息をつきながらボリュームを絞ろうと、スイッチに手をかけたところで、気がついた。

「あ」

エンジンを切っているのに、どうしてラジオが鳴るのか。

ぞっとした瞬間、ノイズが一段と大きくなり、男の声が鮮明になった。

「ここ、が、どこか、わかっとる、か」

喉《のど》を絞められたまま漏らしているような、ざらついた声だった。

ぞっとして、すぐにエンジンをかける。アクセルを踏んでその場を離れた瞬間、男の声はぴたりと止んだ。

しばらくは寒気に震えつつハンドルを握っていた男性だったが、冷静になるに従って、脅えていた自分が莫迦莫迦《ばかばか》しく思えてきたのだという。

電源の入っていないラジオが聞こえたのは不可解だが、もしかしたらそういう自然現象もあるのかもしれない。男の声とて、恐ろしいという先入観があったからそう感じただけで、台詞そのものは禍々《まがまが》しい言葉でもない。つまり、自分が臆病《おくびょう》であっただけだ。

貴重な寝床を手放したのが悔しくなり、先ほどの場所を目指して車をUターンさせた。

再び到着する頃には、うっすら夜が明けはじめていた。

おっ、もういい頃合じゃないか。

先ほどの強烈な体験も忘れ、さっそく仕掛けを作りはじめていると「もし」と後ろから声をかけられた。振り向いた先には、一人の老人が立っている。帽子のマークや身なりで、向かいにある漁港の船員らしいと知れた。

「ここに車は停めんな。止めとけさ」

老人は静かな口ぶりで、男性に呟《つぶや》いた。

「どなたかの、私有地ですか」

彼の問いかけに首を振って、老人が再び口を開いた。

「私有地……まあヨソさまのもんには違いないな。こっちの場所ではないわ」

言葉の意味を呑《の》みこめぬまま、ぽかんと立ち尽くしていると、老人は湖と反対側の山肌を指さした。まだ薄暗い小山の斜面に、黒い塔のような影が幾つも見える。

「ここの住所な」

老人が一歩前へ近づいて、囁《ささや》いた。

「お墓前や」

その日は、そのまま帰宅したという。


Dさん自身は夜釣りを主としている。

「ウェーダー言う防水の吊《つ》りズボン穿《は》いて、湖に半身沈めながら釣んねん。〝嗚呼《ああ》、身も心も琵琶湖に浸っとるなあ〟って感じで、最高やで」

その夜も彼は秘密のポイント（場所は絶対教えられないそうだ）で湖に浸かりながら獲物が来るのを待っていた。

と、視界の隅で何やらチラチラとオレンジ色の光が見える。

何処のアホや、バスの群れが逃げてまうやろ。

舌打ちをして、注意しようと光の方向へ首を向けた。

「……どういうこっちゃ」

水面すれすれを、煎餅《せんべい》状の平べったい光の群れがゆるゆる移動していた。

ホタルの時期にはまだ早い。そもそも、ホタルはあのような光ではない。

混乱しているうちに、光は対岸へふらふらと消えていったという。

「たまにUFO見た、言う話を聞くが、正体はアレちゃうんかなあ」

その後、同じポイントで何度か釣りをしているが、あの光は見かけていないそうだ。


Dさんの幼なじみが、小学生の頃に体験した話である。

琵琶湖の支流である川で釣り糸を垂らしていると、強烈なアタリがあった。

竿が弓のようにしなり、軋《きし》みをあげて今にも折れそうになる。

これはデカい。ナマズかもしれん。

興奮しながらリールを巻きあげていくと、やがて水面に一匹のタナゴが姿を見せた。

あれっ、タナゴかい。

小ぶりではないが、先ほどのアタリは普通の川魚のものとは思えない。不思議に思って、ついリールを巻く手が止まった。

と、水底から長い腕がするする伸びてきたかと思うと、吊り下げられたまま空中で跳ねていたタナゴを乱暴にむしりとって、再び川の奥へ消えた。

湖畔の苔《こけ》を思わせる、ぬるぬるとした緑の毛が生えた腕であったそうだ。

半泣きで帰宅するや家族に今しがたの出来事を告げると、父親が笑いながら「ガタルを見たんやな」と頭を撫《な》でた。

「あのへんは、昔からガタルゆう化けもんがおる言うてな。まあ、アイツが生きとるなら、あそこいらもまだ生き物の暮らしやすい場所っちゅうこっちゃ」

涙ぐむ彼を見て、父親は再び笑った。

その川も今はコンクリの護岸で固められ、在りし日の姿はない。


【琵琶湖】

滋賀県にある、日本最大面積の湖。古くより水上の交通路として利用され、明治時代に鉄道が開通するまでは、京坂方面から北陸への物資輸送の要となっていた。現在もレジャー客や釣り客など、多くの人間でにぎわっている。

ちなみに「急がば回れ」という諺《ことわざ》は、琵琶湖が由来である。

彦根《ひこね》市大藪町《おおやぶちょう》には、雨の夜に琵琶湖へ出た者の蓑《みの》にとりつく「鬼火」という怪異が伝わっている。蓑の火をはらおうとしても数が増えていくばかりで消えない。不思議と熱くはないため、琵琶湖で死んだ者の魂ではないかと言われているそうだ。

海の歌声

三重県

昭和も終わりの出来事だと聞いている。

Pさんはその夜、T市の海浜公園近くをボーイフレンドとドライブしていた。

若いふたりであるから当然よからぬ展開になる。さすがに海岸には人の姿がちらほら見えたため、川に近い岸壁に車を停めて、そこで事に及ぼうとしたのだそうだ。

抱き合いながらシャツを脱いでいた最中、彼氏が「なんだ、この声」と顔をあげた。

確かに、何処からともなく人の声が聞こえる。その数が、一人や二人ではない。

合唱のようだった。

暗闇に目を凝らしたが、人の気配などまるでない。

「歌……だよね」

「こんな時間に？」

何となく興を削《そ》がれ、その夜はそのまま家に送り届けてもらった。

数日後。

家族そろって夕飯を食べていた折、テレビの歌番組を見ていたPさんは、唐突にあの歌声を思い出した。

「そういえば、この間ね」

何をしようとしていたかは省いて事の次第を告げる。その途端、父親が箸《はし》を落とした。

「それ……たぶんあの子たちじゃないか」

父親がまだ小学生の時分、地元の中学生が海で高波に呑《の》まれ、多くの生徒が亡くなるという事故があったのだそうだ。

「事故の翌年に同じ中学校へ進学したから、鮮明に憶《おぼ》えているよ。場所も、ちょうどその辺りだったはずだ……なあ、その歌、どんな歌だった」

おぼろげに憶えていたフレーズを口ずさんだ途端、父親は顔を覆って慟哭《どうこく》しはじめた。

「中学校の校歌だ……事故の次の年に制定されたんだよ」

歌ってみたかったんだろうなあ。

静かに呟いて、父親はそのまましばらく泣き続けたという。

もう一度あの歌声を聞いてみたくて、彼女はその後も海沿いに足を運んでみたそうだ。だが、何度訪ねてみても歌声はなく、浜風がぼうぼう吹いているばかりであったという。

三十年以上も前の話である。

【中河原《なかがわら》海岸】

三重県津市にある海岸。一九五五年七月二十八日、この海岸で水泳教室に参加していた中学校の女子生徒三十六人が溺死《できし》するという水難事故が発生した。事故の直後から地元では「一九四五年、同日に起きた津市への焼夷弾《しょういだん》攻撃で死んだ人に呼ばれた」と噂が立ち、翌年には地元新聞が記事中で「助かった女生徒の一人が、海の底からたくさんの女の人がひっぱりに来たと言っている」と記述。一九六三年になると女性誌が生存者である女性の手記を掲載、「モンペをはいた無数の女性がこちらに向かって泳いできた」と文中には記されている。現在も、海岸は遊泳禁止となったままである。

駄洒落の罰

奈良県

私がお気に入りの話のひとつである。

イラストレーターのBちゃんが中学生の時、修学旅行に出かけた折の出来事だそうだ。

その日、彼女のクラスは奈良市内を巡っていた。

彼女自身は親戚《しんせき》が僧職であったのも手伝い、奈良の大仏や南大門などをとても興味深く見学していた。古都の風情あふれる町並みも、とても好ましかったという。

ところが、そんな雰囲気をぶち壊しにする人物が彼女のクラスに存在した。

お調子者で知られる、Rという男子生徒である。

Rは神社仏閣にはてんで興味がないようで、何処へ行っても悪ふざけばかり繰り返している。特に酷いのが、彼自身十八番《おはこ》と言い張る「駄洒落《だじゃれ》」だった。

「ぶつぞうをぶつぞう！」

「しかだから、しかたない！」

むろん、これで笑うクラスメイトなど一人もいない。しかし彼はそんな白けた空気など何処吹く風とばかりに、行く先々でお寒い駄洒落を連発した。

「もう最低。五月の奈良が氷点下でしたよ。先生も呆《あき》れちゃって、途中からさっぱり注意しなくなったもんだから、Rはますます増長していましたね」

やがて、一行は法隆寺へと向かう。

東大寺の荘厳さや美麗な春日大社に見とれている時は、まだ良かった。

「問題は、大宝蔵院《だいほうぞういん》の拝観でした」

大宝蔵院とは一九九八年に完成した、法隆寺内の宝物展示施設である。銅造阿弥陀《あみだ》三尊や夢違観音《ゆめちがいかんのん》など、文字どおり国宝級の仏像や壁画が展示されている。

「私たちが拝観した前年に建立されたばかりだった所為《せい》か、境内の雰囲気からちょっぴり浮いていたのを憶えています」

皆が添乗員の解説に聞き入る中、ここでもRはやりたい放題だった。

「どうぞうあみだを、どうぞ！」

「ゆめちがいかんのんは、ゆうめいですね！」

クラス全員の憤りが頂点に達しかけた頃、皆は次の施設へ移動した。国宝の百済観音《くだらかんのん》が安置されている、百済観音堂である。

中に入るなり、「きれい！」「かっけえ！」とそれぞれが感想を漏らす。それほどまでに、百済観音像は美しかった。

「この百済観音は、法隆寺の仏像の中でも身体が細い事で有名なんですよ。ダイエットを祈願されていく女性の方も、たくさんいるんですって。皆さんも、いかがですか」

添乗員の和やかなジョークに女生徒たちが笑う。その様子を見て、いらない対抗心を燃やした人間がいた。Rである。

突然彼は皆の前へ躍り出るや、観音像を指さして高らかに叫んだ。

「くだらかんのんなんて、くだらねえ！」

得意気な顔でRが全員を見渡した、その瞬間。

ぱきん、と音がしたかと思うと、皆の見ている前で、彼の指が垂直に折れ曲がった。

「骨折でした。人差し指の第二関節が、きれいにパッキリ折れていたそうです」

Rは、残り一日を待たずに修学旅行を離脱した。

「仏罰だ」と、クラスではしばらく噂になったそうである。

ここからは、余談になる。

修学旅行を終えて数ヶ月後、Bちゃんは家へ遊びに来た親戚の住職に、一連の出来事を伝えた。しかし親戚は「仏様はそんなアホな事で仏罰なんか与えません。それはきっと、皆の殺意が伝わったんでしょう」と一蹴《いっしゅう》したそうだ。

【百済観音】

奈良県の法隆寺が所蔵している国宝の仏像。七世紀前半、飛鳥時代の作とされているが、作者、伝来ともに不明となっている。一般的な仏像と比較して、体つきがスリムで頭部が極端に小さいのが特徴である。明治時代までは法隆寺を聖徳太子の本地であるとする信仰にもとづき「虚空蔵菩薩《こくうぞうぼさつ》」と呼ばれていたが、その後調査するにおよんで、一九一七年『法隆寺大鏡《ほうりゅうじおおかがみ》』の解説において「百済観音」という名称が初めて紹介された。一九九七年には、フランスのルーヴル美術館において特別展示がおこなわれている。

シオキバ

大阪府

肝だめし系の話というのが、あまり好きではない。

若者が心霊スポットを訪れたあげく、不穏な人影を見たり車にトラブルが起こったりとおぼろげな怪異に遭遇し、這々《ほうほう》の体で逃げ帰る……八割方、そのパターンなのだ。手垢《てあか》に塗《まみ》れた、かつ噂の域を出ない話ばかりとなれば、私でなくとも飽きがくるのは当然だろう。

だが、数多くの伝聞が流布されるという事は、その元になった実話があるという事でもある。そして、それらはやっぱり怖い。

定型を嘲笑《あざわら》うかのように、先が読めずに恐ろしい。

「ウソやろ、って言われてもしょうがないと思いますよ。もし他人から聞いたら俺でもそう思うでしょうから」

大阪に暮らすYさんのそんな台詞《せりふ》から、この話ははじまった。

数年前、彼は新車を購入した同級生に誘われ、友人四名でT町へ行ったのだという。

Ｔ町は大阪と隣県の境にあたる町で、信仰の対象になっている霊山がある。と、同時にその山は、数々の不思議な現象が起こる場所としても広く知られている。

彼らも、そんな現象を期待しての訪問だった。早い話が「肝だめし」に赴いたのだ。


昼間という事もあって、怖気《おぞけ》を感じるような場所はほとんどなかった。

「生首谷やで」と友人がはしゃぐ渓谷は緑が美しいばかりであったし、霊が出るというトンネルも、ただ薄暗いだけだった。

「もう帰ろうや」

飽き飽きして後部座席から告げるＹさんに、運転手役の同級生が笑う。

「もう一箇所だけ行くぞ。本日のメインディッシュやで」

やがて、トンネルを抜けた先の路肩に車を停めると、同級生は遊歩道を歩きだした。彼に誘《いざな》われるまま歩く事およそ十分。到着したのは、キャンプ場の炊事場を思わせる屋根が架けられた、小さな祠《ほこら》だった。

「ここはな、シオキバや」

同級生の講釈によれば、ここはかつて罪人の首をはねた場所なのだそうだ。処刑された数は軽く千人におよび、今も彼らのすすり泣く声が夜な夜な聞こえるのだという……。

「いや、おかしいやろ」

同級生の言葉を、別の友人があっさりと否定した。

「処刑場って普通は町の中にあんねんで。見せしめにすんねん。こんな山奥に作ったら、首斬るほうも毎日ハイキングやで。何でこんな不便なところに作らなアカンの」

「そんなん知らん、俺が作ったんちゃうわ」

自説を疑われて立腹したのだろう、同級生は祠の中へずかずか足を踏み入れると、中に立てられていた石の塚を、思いきり蹴《け》飛《と》ばした。

「おまっ、何てコトしとんねん」

「うっさいボケ、お前ら信じひんのやったら、何してもかまへんやろ」

怒りで顔を真っ赤にした同級生は「ほら、お仕置きしてみい」と呼びかけながら、塚を蹴り続けている。二十分ほど経っても、彼はいっこうに落ち着く気配を見せなかった。

参ったな、どうやって機嫌をとろうか。

Yさんが他の友人と顔を見合わせた、その瞬間。

電話が鳴った。

全員の携帯電話が、いっせいに鳴った。

「うわ、むっちゃビビった……あれ、オカンからや」

「ウチもオカンや」

「ホンマか、ウチも実家の番号や」

「俺んとこは姉ちゃんから電話やで、何やねんこれ」

訝《いぶか》しみつつ、全員が携帯電話を耳にあてる。数秒後、ドミノのようにそれぞれの口から「えっ」という声が続けざまにあがった。

「……ウチのオトン、事故った」

「えっ、俺んとこも兄貴が怪我したって連絡やったぞ」

「ウチ、妹がバイクでコケたらしい」

三人とも、家族の災難を告げる連絡だった。

「……なあ、お前んとこの電話は、何の用事やってん」

呆然《ぼうぜん》としながら、Yさんはひとり黙ったままの同級生へと声をかけた。肩をがっくり落とした同級生が、小さな声で呟《つぶや》いた。

「オカン、死んだて」


「……結局、あそこにおったヤツ全員の家族が、交通事故やら職場での怪我やらで病院に運ばれていました。ウチは、ホレ」

話を終えて、Yさんは隣に座っている男性を指さした。

男性が「兄です」と会釈をする。

「私は、納屋を掃除していたら壁に下げてあったはずの鎌が飛んできて……このとおり」

兄と名乗る男性が、首に巻きつけていたストールをほどく。

スナック菓子の箱の開封口を思わせる波うった傷が、首をぐるりと飾っていた。

「おかしいですよね。刺さったならともかく、刃が勝手に暴れたんですよ……まるで首を斬ろうとしたみたいに。」

呼吸音の混ざった、ざらつく声で男性が零《こぼ》した。

現在、Yさんを除く他の二人は大阪を離れている。

くだんの同級生は、その後連絡が取れなくなったままだという。


【妙見山《みょうけんざん》】

兵庫県と大阪府にまたがる妙見山は、日蓮宗《にちれんしゅう》の霊山として信仰を集めている。また、ハイキングや花見も楽しめる阪神《はんしん》地区きっての憩いの場でもある。

文中の「しおき場」は平安時代から存在しており、処刑場として機能するようになったのはそれより後、江戸時代からといわれている。近隣の領地争いから対立する農民の間で殺し合いが起き、鎮圧手段として双方の人間が多数処刑された場所とも、豊臣方が当地をおさめていた能勢氏の臣下を処刑した場所とも伝えられている。近くにある大きな石には、供養の文字が刻まれているという。

トンネルに居るもの　京都府

　これまでもふたつほど、トンネルにまつわる怪談話を披露させていただいた。どうやらトンネルというのは、怪異に遭遇しやすい場所のようだ。

〝視える〟と自称する知人女性によれば、「神域である山を削り、強引に空間を作っている所為《せい》で、良くないモノが集まる」らしい。

「歴史が長い町のトンネルほど、〝魔〟が蓄積しているの」と彼女は続けた。

　なるほど、ならば日本でも有数の歴史を誇る京都などは、果たしてどれほどの〝魔〟が積み重なっているのだろう。

　これからご紹介するのは、そんな京都の「K」というトンネル周辺で起こった、三つの出来事である。


　Jさんが京都へ観光に出かけた際、タクシー運転手の男性から聞いた話だという。

　ある晩、高雄山に向かう客を乗せてKトンネルを走っていると、カーブへ差しかかったあたりで、自転車に乗った女性が目の前を走行しているのに気がついた。

　自転車は、車が通行するトンネルの真ん中を、ふらふらっ、ふらふらっと揺れながら走っている。一方通行で対向車こそ来ないものの、いつ轢《ひ》かれないともかぎらない。

「危ないやないか」

「ほんまやねえ」

客に相槌《あいづち》を打ちながら、ヘッドライトをパッシングして車の存在を告げる。と、自転車は光へ煽《あお》られるように左右へ揺れたかと思うと、そのまま側壁にぶつかり、吸いこまれるように消えてしまった。

ぞっとしたが、後ろに客を乗せている以上、あまり驚いた顔を見せるわけにもいかない。

「こ、ここねえ、光の加減で消えたように見えるんですわ」

口から出まかせを吐いて何とかその場を取り繕おうとした運転手へ、後部座席の乗客が怪訝《けげん》そうな表情で訊《たず》ねた。

「自転車、地面から三十センチくらいのとこに浮いてましたけど、あれも光の加減でっか」

客を降ろしてから独りでトンネルを戻るのが、厭《いや》で厭で堪《たま》らなかったそうだ。

バイカーのP君が、秋の紅葉を見ようと愛宕念仏寺《おたぎねんぶつじ》を訪れた時の話。

念仏寺から市街地への戻りしな、彼はKトンネルの真上に位置するT峠を通過しようと思い立った。バイカー仲間の間では有名な〝あるモノ〟を見てみたくなったのだそうだ。

「カーブミラーなんですけどね」

そのカーブミラーは、峠の両端を覆うコンクリの壁面に設置されていた。

ただ、すこし変わっているのはこのミラー、真下を向いているのである。

どうやら急勾配《きゅうこうばい》の坂を見通せるようにと苦肉の策で設置されたらしいのだが、なかな
か異様な光景のためか、いつしか妙な噂を呼ぶ羽目になっていた。

これを見あげた際に自分の姿が映っていない場合は、死ぬ、というのである。

むろん彼も鵜《う》呑みにしていたわけではない。ただ、人の多さに辟易《へきえき》して愛宕念仏寺を
早々に退散していたので、何か手っ取り早い土産話が欲しかったのだという。

道の先が見えないほどの坂を登っていると、間もなく噂のミラーが視界に入った。

確かに聞いていたとおり、鏡面がアスファルトを映すように設置されている。さっそ
く真下にバイクを止めて、おそるおそるミラーを眺めた。

歪《ゆが》んだ鏡には、自分の姿がくっきりと映っている。ほっとして思わず、

「あほくさ」

呟いた途端、ミラーの真上にある藪《やぶ》から女が顔を出して、

「ねえ」

と笑ってから、すぐに消えた。

あとになってから後輩に無理やり確かめさせたが、ミラーの上には、人の立てるような場所などなかったという。


P君のバイク仲間であるMさんも、このトンネルで奇妙な体験をしている。

ある夜更け、新しいバイクのならし運転を兼ねて市内を走るうち、彼女はKトンネルの前へと辿《たど》り着いた。

と、一気にアクセルを吹かして中へ飛びこむなり、「いたいっ」と、耳許で声が聞こえた。

「えっ」

反射的にブレーキをかけたと同時に、ヘルメットを被《かぶ》っている事実に気がついた。

そ、空耳だよ。

バイクを止め、寒気をおぼえながら声の聞こえたあたりを振りかえると。

道の真ん中に、ひしゃげた藁人形《わらにんぎょう》が落ちていたそうである。

【Kトンネル】

京都市右京区にある隧道《すいどう》。そのなりたちは一九二九年と古く、もともと愛宕神社に参詣するための鉄道用トンネルであった。愛宕山鉄道《あたごやまてつどう》は終戦直前に廃線となったが、車のための市道として再利用され、現在も使われている。車がすれ違う事ができないほど狭いため、出入口それぞれに設置された信号で通行を知らせるのが特徴である。

白い服を着た女がボンネットの上に降ってくるなど、様々な怪奇現象が噂される場所としても知られており、霊感ホラー漫画家の伊藤三巳華氏も、このトンネルでテレビロケをおこなっている。

しゃよなら

和歌山県

大阪にお住まいの、Nさんという男性からうかがった話である。

その日、彼は新しい取引先との打ち合わせで、和歌山市の郊外を訪ねていた。

「当初は話し合いが難航するかと危ぶんでいたんですが、呆気《あっけ》なく終わっちゃいまして。結果、ずいぶんと時間が余ってしまったんですよ」

まっすぐ大阪に戻るのも何だし、海の幸でも食べて帰るか。

そんな思惑のもと、車で海岸線を探索する事にしたのだという。

ハンドルを握りつつ飲食店の看板を探しているうち、彼は浜辺の近くにぽつんと建つ、朱塗りの建物を見つける。

お、神社かな。お参りでもして行くか。

駐車場へ車を停め、社殿を目指して歩きだす。

境内に入るなり、ぎょっとした。

人形、人形人形人形人形人形人形人形人形人形。

拝殿は、数えきれないほどの人形でびっしりと埋め尽くされていた。

室内はおろか縁の下や階段まで、ぎちぎちと人形が肩を寄せあうように並んでいる。

何だこれは。

驚いて境内を見渡すと、神社の縁起を記した看板がある。どうやら此処《ここ》は人形供養で有名な場所であるらしいと知って、ようやく胸を撫《な》でおろした。

「いやあ、何も知らぬまま行った方は絶対に仰《の》け反ると思いますよ。本当に零《こぼ》れそうなくらいの数でしたからね。圧巻です」

無数の人形が置かれている理由は把握したが、無数の目に見つめられるのは正直言って気持ちの良いものではない。頭を下げて柏手を打つと、早々にその場を離れた。

その日は、それで終わった。

再びその神社を思いだしたのは、数年後の昼下がり。

母親の葬儀を終えて、実家の整理をしている最中だった。

「何だこれ」

遺品を片づけていた彼は、小さな木箱を押し入れの奥に見つける。蓋《ふた》を開けてみると、箱の中には一体の古びた日本人形が横たわっていた。

「市松人形と言うんでしたっけ。幼い女の子がおままごとで遊ぶような、あの人形です。最初は、〝骨董屋《こっとうや》にでも売ろうかな〟と思っていたんですが……」

蓋に筆書きされていた日付を確かめると、彼が生まれる二年ほど前に買い求めた人形らしいと判明した。

「そういえば」

母は晩年、Nさんを産む前に流産を経験しているのだと漏らしていた。

もしやこれは、生まれてこなかった姉のための人形だったのではないか。

涙をにじませる母の顔を思いだした瞬間、無下にはできなくなった。

「それで……ふと、あの神社が頭に浮かんだんですよ」


到着する頃には、すっかりと夜になっていた。

「本当なら、事前に予約しないと預けられないそうなんですが……その時はもう、一刻も早く供養してしまいたいという気持ちで。社殿にこっそり置いて帰るつもりだったんです」

駐車場に車を停めて様子をうかがう。幸い、境内には誰もいないようだった。

念のため、散歩のふりをして確かめるか。

外へ出て、境内を散策する。

薄暗がりに並んだ人形の群れは、いっそう不気味だった。

前回は慌てて立ち去ったので気がつかなかったが、よく見れば石碑の周辺や手水場《ちょうずば》のあたりも人形で埋まっている。

そのすべてが、自分の立っている方向へまなざしを向けていた。

さ、さっさと済ませちまおう。

早歩きで境内を抜け、駐車場へ戻る。

車のドアを開け、助手席に転がしていた木箱を開けるなり、彼の口から「えっ」と声が漏れた。

「ところがですよ」

箱に収めていたはずの人形がない。

忘れてきたのか。でも箱からは出していないし、盗まれたとも思えないし。

混乱しつつ必死に状況を呑《の》みこもうとしていた、その最中。

「しゃよなら」

舌足らずな声が、背後で聞こえた。

驚いて思わず首をすくめ、そろそろと振りかえる。

境内へと不器用に走っていく、ちいさなちいさな背中が見えた。

「おねえちゃん」

無意識に、呟《つぶや》いていた。

声に反応する事なく、ちいさな背中は境内の暗闇へ消えていったという。

ずいぶんと長い間手を合わせてから、Ｎさんは神社をあとにしたそうだ。

【淡嶋神社】

別名「加太神社《かだじんじゃ》」とも称される、全国の淡嶋神社系統の総本社。その縁起は古く、神功皇后の三韓出兵《さんかんしゅっぺい》まで遡《さかのぼ》るという。

人形供養で名高く、社殿の周辺にはおよそ二万体もの人形が種類別に並べられている。ちなみに無断で置いていくのは当然ながら御法度である。郵送も受けつけていない。人形供養と並んで、針供養や婦人病の快癒祈願でも知られており、特に婦人病の快癒祈願については全国から持参された女性用下着が、袋に入って境内奥の末社にずらりと吊《つ》るされている。

ドライブ　兵庫県

「妙に惹《ひ》かれる子だったんですよ。細面でちょっとキツめの、綺麗《きれい》な顔だちでした」

宝塚に住むI君はその日、新しくバイトに入って来た女の子をドライブに誘った。

何処へ行きたいか訊《き》けば、女の子は「夜景が見たい」と言う。

それならばと、彼は六甲山へ車で向かった。これは、その時の話だ。

湾岸沿いの道路を走っていると、女の子がふいに「私、霊感あんねん」と喋《しゃべ》りだした。

何でも、幼い頃から色々なモノを視てしまい、それで大変苦労したのだという。

「せやから、神社とかよう行かん。歴史があってもきちんとしてないとこはシンドくて」

女の子はその後も話を続けていたが、下心で悶々《もんもん》としていた所為《せい》か、内容はあまり覚えていないとI君は言う。

ただ「古いも新しいもあんま関係ないねん」という台詞《せりふ》だけは、妙に頭に残った。

やがて、ふたりは天覧台という夜景の一望できる場所へと到着した。ところが、彼女は眼下の町並みには目もくれず、背後の山をしきりに窺《うかが》っている。

「ちょっと、夜景見たいって言うからわざわざ来たのに。何やねん」

冗談めかして抗議する彼へ、女の子は「あそこに行こう」と、山の中腹に見えるホテルのあたりを指さした。

何や、この子ヤる気マンマンやな。

逸《はや》る気持ちを押しとどめながら、彼は再び車を発進させた。ところが、ホテルが近づくに従って、女の子は「あっち」「そこを左」と、ホテルから離れた方角へ進むよう彼に指示を出しはじめた。

訝《いぶか》しみながらも黙って従う事、およそ十五分。

到着したのは、坂の途中にそびえる小さな神社だった。

さして古くないのだろうか、こぢんまりとした境内に連なっている鳥居の朱が、ヘッドライトにてらてらと光っている。石段前の真っ赤な幟《のぼり》には「白髭神社」と記されていた。

と、エンジンを切る間もなく、女の子は助手席から飛びだし石段を駆けあがりはじめた。慌ててあとを追いかけてみれば、彼女は鳥居奥の石碑に向かって何事かを呟いている。

「なあ、もう帰ろうや。人が来るで」

苛立《いらだ》ちにまかせ、彼女の肩へ手をかけて揺さぶった、その途端。

「ようやくもどれた」

機械でこしらえたような抑揚のない声で呟くなり、彼女はくるりと踵《きびす》をかえし、石段をまっすぐに下りていった。

何やねん。

薄ら寒いものを感じながら、あとを追って車へと戻る。女の子は、何事もなかったかのように助手席で俯《うつむ》いている。

「ちょっと、いったい何がしたいねん。戻れたって何が戻……」

怒りにまかせて言いかけた台詞が、彼女の顔を見た瞬間に、止まった。

あんぐり開いた口から、獣の尾のようなかたまりが垂れ下がっている。驚いている彼の目の前で、女の子は毛だらけの尾を、ずるん、と飲みこんだ。

「三秒にも満たない間の出来事でしたから、こっちも〝見間違いかな〟と思うようにして、まっすぐ宝塚に戻りました。や、そうでも思わなかったらやってられませんて。こっちはその子を乗せて帰らないかんのですから」

それから一週間と経たずに、女の子はバイトを辞めた。

彼女が辞めたあとも、I君はあの夜の出来事が気になって仕方がなかったのだという。

「まわりは〝オマエがしつこいから、からかわれたんや〟なんて言ってましたけど、腑《ふ》に落ちなくってね。それで」

ある晩、彼はこっそり店長の目を盗んで履歴書を調べ、彼女の連絡先を確かめたのだという。

「えっ」

住所も電話番号も、彼の実家のものだった。

数年経った今でも、細い顔つきの女の人を街で見かけると身体が強張《こわば》るそうである。


【白髭神社】

明治時代、神戸にグルームという男性が住んでいた。後年「六甲山の開拓者」と謳《うた》われる、イギリス人実業家である。ある時、グルームは別荘の敷地へやってきた狐を狩人から匿《かくま》った。狐はグルームにのみ懐いたが、彼の死後に姿を消してしまう。やがて一九一九年、一人の男が遺族のもとを訪れると「自分はかつてグルームに可愛がられた狐であり、今日はこの男に憑いて挨《あい》拶《さつ》に来たのだ」と名乗った。驚いた家族は六甲山に祠《ほこら》を作り、狐を祀《まつ》ったという。

狐の尾が真っ白であったのに因《ちな》み、祠は白髭神社と名づけられた。現在も、神社は六甲山に立つホテルの西側にある。

山の背中

鳥取県

編集者のFさんから、「祖父が体験した実話だそうです」と不思議な話をうかがった。

彼の祖父は、鳥取県にある大山《だいせん》の麓《ふもと》で暮らしていた。

「遊びも仕事も食料も、恩恵はすべて大山からいただいている」と日頃から口癖のように言うほど、生活に密着した山であったらしい。

ある秋の日、祖父は大山へとキノコ狩りに赴いた。このあたりで採れる「ボタヒラ」というキノコを求めて、独りきりでの入山であったという。

「祖父によれば、キノコ狩りは単独が基本なんだそうです。決まった場所に生えるので、他人に教えたくないとか。祖父も、自分だけの秘密の場所があると言っていました」

ところが秘密の場所に辿《たど》り着いてみると、すでに誰かによって踏み荒らされた跡がある。他の穴場も巡ったが、同様に人の手が入っていた。

祖父は落胆した。

先に採られたからではない。ボタヒラが、ひと株も残っていなかったからだ。

キノコというのは、翌年また生えてくるように小さな株を残しておくのが暗黙の了解となっている。山の恩恵に与《あずか》る者ならば、誰もが心得ているはずの決まりだった。

それがあっさり破られた。頑《かたく》なに守ってきた掟《おきて》が容易《たやす》く踏みにじられた。

その事に、祖父はたいそう落ちこんでしまったのだそうだ。

もう、山の掟は通用しねえのかな。やったもん勝ちの時代なのかな。

よほど意気消沈していたのだろう、いつもは目を瞑《つぶ》っても歩けるほど慣れた帰り道で、祖父は濡《ぬ》れた倒木に滑り、転んで足首を折ってしまう。

脂汗を流し、激痛に呻《うめ》くなかで次第に意識が遠のいていく。

ここで終わるんだな、俺は。大山で死ぬなら、本望かもな。

目の前が、暗くなった。


振動で、目が覚めた。

驚いて顔をあげると、目の前に何者かの後頭部がある。しばらく経って、自分が誰かに背負われているのだと気がついた。

「もし」

声をかけてみたが、背負い主は沈黙したまま山道をずかずかと進んでいく。その速度が異様に速い。周りの木立が横縞《よこじま》の線を描いている。

よほど山に慣れた人間なのだろうか。

足の痛みに顔をしかめながら男のいでたちを見るなり、祖父は絶句した。

和装である。作務衣《さむえ》や浴衣《ゆかた》とも異なる、目にした記憶のない着物を男はまとっていた。

何だ、いったい。

戸惑っているうちに再び視界が暗くなり、祖父は意識を失う。

気がついた時には、山道の登り口に横たわっていた。

幸い、意識が回復した直後に登山客が祖父を発見し、すぐに救急車が手配された。

病院についてから、祖父は家族に自身の体験を告げる。

しかし、家族の反応はつれないものだった。

「爺《じい》ちゃん、痛みで幻見たんだないの」

「まだ混乱してるんだがあ、まず落ち着いて」

家族の嘲笑《ちょうしょう》に、祖父自身も「そうかもしれない」と思いはじめていた、その時。

「おじいちゃん、すごぉい」

まだ幼かった孫のFさんが、声をあげた。見れば、手には祖父が山へ持っていった、キノコを入れるためのリュックサックが抱えられている。

中には、膨れるほどのボタヒラが詰めこまれていたそうだ。

「私自身はさっぱり憶えていないんですがね。祖父は酔うたびにこの話をしては、〝あの時はお前《め》ェの声に助けられた〟と、嬉《うれ》しそうに言っていました……良い思い出です」

その時のリュックサックは、祖父が死ぬまで神棚に置かれていたそうだ。

【大山】

鳥取県にある山。日本四名山のひとつとして数えられ、富士山に似ている事から「伯耆《ほうき》富士」とも称される。古くは「火神岳」「大神岳」などと呼ばれていた。奈良時代より山岳信仰の場として開かれており、明治の廃仏毀釈《はいぶつきしゃく》までは一般人の入山が禁止されていた。

大山周辺にはカラス天狗にちなんだ伝承が数多く残されている。大山町仁《に》王堂公園《おうどうこうえん》にもカラス天狗の巨大な像が町を見守るように立っている。ちなみに、大山からほど近い伯耆町溝口地区にある鬼住山《きずみやま》には「日本最古」と言われる鬼伝説が残っており、こちらも街の随所に鬼の像が飾られている。

廊下の女

岡山県

Lさんが都内で独り暮らしをしていた、学生時代の出来事である。

その夜も、彼女は寝つけぬままに布団の中で悶々《もんもん》としていた。

「ひと月ほど前から、妙な倦怠感《けんたい》に襲われていたんですよ」

目覚めると、湿った疲労感が身体をじっとり包んでいる。寝相を意識的に変えてみたり、奮発して布団を新調したりと手を尽くしてみたものの、改善される気配はまるでなかった。そのうち尿に血が混じるようになり、だるさが始終続くようになった。バイトも、欠勤が続くうちにいつのまにかシフトから外されていたという。

夜半過ぎ、ようやくうつらうつらしはじめたところで、彼女は息苦しさに目を覚ます。潮風でも取り入れたように、空気が湿っぽい。布団がわずかに濡れている。時間を確かめようと手にした携帯電話が、汗をかいていた。

不穏な気配に身を竦《すく》めていると、居間のドアが、ぎい、と開いた。

ドア向こうには玄関へ続く細い廊下がある。いつもならば玄関の小窓から漏れる灯《あか》りで鈍く照るはずの廊下が、今日はやけに冥《くら》く感じた。

電球、切れちゃったのかな。

何とはなしに首を巡らせて廊下を見る。

「え」

がりがりの女が、長い髪を揺らしながらこちらを睨《にら》んでいた。

こけて窪《くぼ》んだ頬、こぼれ落ちそうなほどに浮きあがった眼。ひび割れた唇から覗《のぞ》く歯は、米粒のように痩《や》せている。

異様に細い手首が、焼き鳥のナンコツを想起させたという。

「ソバージュ……って言うんでしたっけ、ひと昔前に流行《はや》った、ちりちりのヤツ。あんなヘアスタイルだったのは明瞭《はっき》りと憶《おぼ》えています」

女は、マラソンのスタート直前のように廊下の真ん中で、とん、とん、と跳ねながら、ゆっくりとこちらへ近づいている。

と、女が廊下の隅に置かれた段ボール箱の前で、跳躍を止めた。

段ボールは昨晩実家から送られてきたもので、小ぶりとは言えないまでも、またげないほどの大きさではない。どうして飛び越えられないのだろうと何処か冷静な目で見ている自分が、おかしかったそうだ。

女は、忌々しそうに米粒の歯をきりきり軋《きし》ませて箱の前で立ち止まっていたが、やがてLさんをひと睨みしてから、暗闇へ飲みこまれるように消えていった。

翌朝、廊下を確かめると、段ボールの前に数滴の血が落ちていた。気味が悪かったが、幸いにも女はその一度きりしか現れなかったという。彼女の不調も、いつのまにか治っていたそうだ。

「それで……段ボールには何が入ってたの。お守りとか、神社のお札とか」

取材をひととおり終えて、私はLさんに改めて訊《たず》ねた。

私の言葉に、彼女が笑いながら首を振る。

「そんな仰々しいものじゃなくって……桃なんです。ウチの実家で作った桃がぎっしり詰めこまれていたんです。昔から、母が〝何かあったら桃を食べろ〟と言ってましたが」

本当でしたね。アレ、効くんですねえ。

おっとりした口調でそう言うと、Lさんはにっこり微笑んだ。

【桃】

古来、桃は霊力を有し邪気を祓《はら》う食べ物として知られている。『古事記』には、イザナギが黄泉国《よみのくに》から帰る際、追ってきた悪鬼ヨモツシコメへ桃の実を投げつけ退散させたと記載されている。イザナギは桃の功績を讃《たた》えて大神実命《おおかむつみのみこと》という名を与えた。また、古くに朝廷でおこなわれていた大晦日《おおみそか》の追儺《ついな》の儀式では桃の木の弓が用いられている。こどもの日として知られる端午の節句でも、かつては桃の木でこしらえた桃印符を門戸に下げた。

岡山市の吉備津神社は大吉備津彦命《おおきびつひこのみこと》を祀《まつ》っているが、縁起によれば、大吉備津彦命は温羅という鬼を三人の家来と共に倒している。この出来事がのちのおとぎ話「桃太郎」になったと言われ、岡山県はこれらを以て同県を「桃太郎発祥の地」としている。

ドアノブ　広島県

商社マンのNさんが、出張で広島市へ赴いたときの出来事である。

その夜、彼はクライアントから誘われるままに二軒、三軒と店をはしごした。ホテルへと戻ってきた時には、午前二時をとうにまわっていたという。

ところが、フロントからカードキーを預かって部屋へ向かったものの、何度挿しこんでもカードキーが反応しない。

痺《しび》れをきらした彼は、強引にドアを開けようとドアノブを摑《つか》んだのだという。

「つっ」

熱かった。

思わず手を放してしまうほどに、ドアノブはじりじりと焼けていた。

驚いて二度三度と触れてみたが、やはり、誤ってフライパンに触れた時そっくりの痛みが指先へ走る。

何だこれはと怪訝《けげん》に思いながら、フロントへ戻った。

フロントマンは、彼がクレームを言い終わらぬうちに「あ、原爆の……」と漏らした。

だが、その言葉にNさんは激高したのだという。

季節はとうに九月の半ばである。原子爆弾が投下された八月六日前後に宿泊したのなら、原爆で死んだ人の霊云々《うんぬん》と言われてもまだ納得できるが、すでに関係ない時期ではないか。

「自分たちの手落ちを原爆の犠牲者になすりつけるってのは、どうなんだよ」

声を荒らげる彼をフロントマンはじっと見つめていたが、やがていくぶん落ち着きを取り戻したのを見計らってから、静かに口を開いた。

「今夜、四十九日目です」

同行したフロントマンと共に、ドアの前で手を合わせてから捻《ひね》ると、ドアはすんなり開いたそうである。

窓から原爆ドームが見える、ホテルでの話と聞いている。


【原爆ドーム】

正式名称は、広島平和記念碑。

もともとは県産製品の販路開拓のために建てられた、広島県物産陳列館（のちに広島県産業奨励館に改名）である。一九四五年八月六日、アメリカ軍によって投下された原子爆弾によって、枠組みと外壁の一部を残して崩壊した。戦後、一時は取り壊す予定であったが、急性白血病により十六歳で亡くなった原爆犠牲者の手記に感銘を受けた人々によって保存運動が高まり、一九六六年に市議会が永久保存を決議した。ユネスコの世界文化遺産に登録されている。

わすれんで

島根県

数年前の話だと聞いた。

Hさんという女子大生が、叔母《おば》を連れて島根県の石見銀山《いわみぎんざん》を訪ねた。

石見銀山とは、かつて日本最大の銀の採掘場として栄えた山である。現在では観光地となっているが、彼女が訪れた時期は世界遺産に登録された直後とあって、大型観光バスがひっきりなしに往来する盛況ぶりであったそうだ。

「銀山って暗いイメージがあったけどそうでもなかったね、なんて話していたんですが」

その日の午後。ひととおり散策を終えたふたりは、観光名所となっている寺院の界隈《かいわい》を訪れていた。石の橋が随所に架かる、趣のある場所であったそうだ。

と、石彫りの仏像に感心しながら闊歩《かっぽ》していた矢先、前を歩いていた叔母が、「うあ」と絞りあげるような声を漏らすなり、その場にうずくまってしまった。

体調を崩したかと慌てて背中をさする彼女に、叔母は青い顔で「違うの」と言った。

「そこの小川に人がいたの。生きていない人が、いたの」

数分前、叔母はHさん同様に風情あふれる景観を楽しんでいたのだという。

ふと、広い境内を流れる小川へ視線を移す。

「きゃっ」

肋骨《ろっこつ》の浮きあがった半裸の男が、川の中に横たわっていた。

男は半身を水底へ沈めたままでこちらを睨《ね》めつけている。首や胸のあちこちに切り傷が走っており、うつろな眼には光がない。生きている者ではないと、直感で知れた。

どうして良いものやら解らず黙って視線を交わしていた叔母へ、男が唇をふるわせて何事かを告げた。

「わすれんでごせ」

声が耳許で聞こえたと同時に、男の姿は見えなくなっていたという。

「その時は、叔母の話をまるで信じていなかったんです。慣れない旅で疲れて、幻覚でも見たのではと思って。けれど……」

「あれ、どがした」

ひとまず休憩しようと訪れた茶屋で、ふたりは店員の老女に声をかけられる。

何と説明すべきか悩んでいると、叔母が「わすれんでごせ、ってどんな意味ですか」と訊ね、続けて今しがたの出来事を老女に伝えた。

話を聞いていた老女の顔が、苦虫《にがむし》を嚙《か》み潰《つぶ》したような表情に変わっていく。

「……そらあ、きっと千人壺《つぼ》の人を見たんじゃろねえ」

聞き慣れない単語に戸惑っていると、老女は二人の隣へ腰を下ろして、ゆったりした口ぶりで話しはじめた。

「この先に千人壺いうのがあってな。昔は、死ねた罪人や病人が捨てられたらしいんじゃ。ほれ、今は世界遺産て騒いどるけ、そういうおぞい（怖い）場所は、なんもなかった事にされとんのよ、じゃけえ」

ワシらを忘れんで、って言うたんじゃろなあ。

老女は、ひとり納得した様子で、何遍も頷《うなず》いた。

「何のゆかりもない土地でしたから、叔母がどうして選ばれたのか、理由は今も解りません。ただ……おかげで、彼の願いどおり、忘れられない旅になったのは事実ですね」

Hさんは寂しそうに微笑んで、話を終えた。


【千人壺】

石見銀山にかつて存在したとされている遺体処理用の縦穴。銀を盗んで処刑された者の遺体や重篤な病人などが放りこまれたとの言い伝えがあり、その数の多さから千人壺の名がつけられたと言われている。石見銀山が世界遺産に指定されたのと前後し、観光案内のパンフレットや資料館の展示などからは情報が削除された。情報が伝承のみに留まっており、正確な記録が確認出来ない事がその理由であるそうだ。敷地内にはその高潔さゆえ特別に墓の建立を許された、二十山弥四郎という罪人の墓碑が立っているという。

鳥居の石

山口県

関東にお住まいの女性、Wさんからうかがった話である。

その日、彼女はボーイフレンドと駅前の居酒屋でおだをあげていたのだという。

「カレの抱えていた大仕事が終わったとかで、夕飯がてら飲もうって誘いが来たんです」

よほど開放的になっていたのだろう、ボーイフレンドの飲むピッチはいつもより早く、あっという間にジョッキが空になっていく。

飲み放題が終わる二時間あまりの間に、彼は生ビールを十杯ほど飲み干した。

「……店を出る時点で、嫌な予感はしていたんですよねえ」

ふらつく彼を支えながら、彼女のアパートへ戻る道すがら。

「おっ、お前何しよん！」

ボーイフレンドが突然叫びだしたかと思うと、道沿いにあった小さな神社へと歩きだした。慌ててあとを追いかけると、彼は地面に屈みこんで石を幾つも拾いあげている。

何をするつもりなんだろう。

怪訝《けげん》な顔で様子をうかがうWさんには目もくれず、ボーイフレンドは手のひらいっぱいの石からひとつを摘《つ》まむと、鳥居めがけて放り投げた。

「ちょ、何してんの。莫迦《ばか》じゃないのッ」

驚いて止めに入ると、逆に彼はきょとんとした顔で「何が？」と訊《き》いてきた。

普通だ、と言うのだ。

ボーイフレンドによれば、彼の地元である山口県のS市では、神社へ行った際はかならず鳥居に向かって石を投げるのだという。

鳥居の横木に石が乗れば縁起が良いとされており、地元の鳥居で石が乗っていないものはひとつとしてないのだと、彼は呂律《ろれつ》の回らない口調で強弁した。

「でも、ここは山口じゃないでしょ。第一、そんなに酔ってたら石なんて乗せられるわけがないじゃん。ねえ、危ないからその石早く捨てて」

「しらしいっ！」

石を取りあげようとした手を、ボーイフレンドが勢いよく振りはらった。

「あ、ヤバいと思いました。カレ、酔いすぎてリミット超えると地元の言葉に戻っちゃうんですよ。そうなると、人の話なんてまるで聞かなくって」

誰かに見つかるのではとオロオロする彼女をよそに、ボーイフレンドは鼻歌まじりで石を次々に投げている。しかしWさんの危惧《きぐ》したとおり、酩酊《めいてい》した状態では石が乗るはずもない。暗闇に、かつん、かつん、と石のぶつかる音だけがこだました。

「くそおッ」

あまりの下手さに、ボーイフレンドはとうとう癇癪《かんしゃく》を起こしてしまった。石の山を握っていたほうの手を、鳥居へ一気に振りかぶったのである。

鳥居、藪《やぶ》、石段。あらゆるところに投石が激突して、機関銃のような音をあげた。

「へっへっへ、アホが」

勝ち誇った顔で彼が笑った、その瞬間。

境内の暗闇から、ばらばらばらっ、と音がしたかと思うと、大量の石礫《せきれき》がふたり目がけて一斉に飛んできた。

「ダンプカーの荷台を逆さにでもしたんじゃないか、ってくらいの量でした」

思わず、手許のハンドバッグを盾にしてその場にしゃがみこむ。ぼこぼこと石のあたる音を聞きながら、ひたすら礫《つぶて》が止むのを待った。

石の雨は、一分ほどでおさまった。静寂を取り戻した路地には、敷き詰めたように小石が転がっている。

あたりを見回すと、ボーイフレンドがすっかり酔いの醒《さ》めた顔で、「すいませんでした」と小声で繰りかえしていたという。

「翌日、すぐにお詫《わ》びに行きましたよ。道ばたの石がひとつもなかったのにも驚きましたが、よく考えたらあれだけの石の雨だったのに、カレも私もかすり傷ひとつないんですよね」

やっぱり神様って凄《すご》いなあと、改めて感心しちゃいました。

Wさんはしみじみとした口調で、話を締めくくった。

ちなみに、傷だらけになったハンドバッグは、「ご利益がありそう」という理由で、現在も愛用しているそうだ。

【耳なし芳一《ほういち》】

山口県の怪談で有名なものに「耳なし芳一」がある。小泉八雲ことラフカディオ・ハーンが一夕散人《いっせきさんじん》『臥遊奇談《がゆうきだん》』に収録されている〝怨霊へ平家物語を聞かせたために耳を失う琵琶《びわ》法師〟の説話をもとに書き上げたもので、舞台は下関市の赤間神宮となっている。赤間神宮は明治の廃仏毀釈以前は阿弥《あみ》陀寺《だでら》と呼ばれ、安徳天皇御影堂の別名を持っていた。現在は境内に芳一を祀《まつ》った堂が建てられている。

赤間神宮には同市の壇ノ浦で亡くなった平家一門を祀る塚がある。これらはもともと山に点在していたが、たびたび怪異が起こったためにこの場所へ集められたと伝えられている。

髪写　徳島県

数年前、Jさんは徳島県にあるT町へ酪農の研修に赴いた。

「阿波《あわ》牛というブランド牛がありまして。地元の農家さんに育成方法や広報のノウハウを教わろうと、仲間数人で参加したんですわ」

初日の研修を終えて懇親会が催された、その帰り道。

宿へ向かいつつ、Jさんはいささか飲み足りない気分であったという。どうやら仲間も同じであったらしく、もう一杯ひっかけようやと話がまとまった。

しかし時間も時間であっただけに、赤ちょうちんもネオンも軒並み灯《あか》りを落としている。意地になって駅前を散策するうち、一行は見知らぬ寺の前に出てしまった。

ふと見れば、門前に「第十九番札所」という看板が掲げられている。

「そういえば、お遍路で有名やったな。せっかくだから記念写真でも撮ろうや」

そうは言ったものの拝観時間はとうに過ぎており、入って良いのか判断がつかない。逡巡《しゅんじゅん》していると、とりわけ酔っていた一人が「かまへん、かまへん」と言いながら境内へずかずか踏みこんでいった。

案の定、だだっ広い境内には人の気配がまるでない。夜空を背景に三重塔らしき建物がぼんやりとシルエットを浮かびあがらせるばかりで、あたりは閑散としていた。

「早う写真撮って帰ろうや」

すっかり酔いの醒めたJさんが急《せ》かすと、焦る様子を面白がった仲間の一人が、彼からデジカメを引ったくるやいなやそこら中でフラッシュを焚《た》きはじめた。

「おい、人が来るやろ」

小声で窘《たしな》めたが、仲間の悪ふざけは止まらない。「記念や、記念」と言ってはあちこちへレンズを向けている。

と、本堂脇にある小さなお堂の前でシャッターを切った瞬間、「ぎゃあっ」と鳴き声がして、何かが闇に飛び去った。

驚いて、散り散りに山門へ走る。

「ああ、面白かった。鳥かな、ビビったわ」

「面白い事あるか、見つかったら大目玉やで」

息を切らしながら怒るJさんをよそに、仲間は相変わらずへらへらと笑っている。その顔が、デジカメの再生ボタンを押した途端に強張《こわば》った。

「何やこれ」

画面を覗《のぞ》くと、お堂を撮った先ほどの写真がうっすらと黒く霞《かす》んでいる。霧のようにも見えたが、そんなものが出ていなかったのは自分たちが一番よく知っている。

呆然《ぼうぜん》と眺めているうち、別の一人が「アホか」と大声をあげた。

「これ、髪がレンズに被《かぶ》さったんやないか。めちゃくちゃに撮るから失敗したんや」

名推理に和んだ場の空気は、撮影者のひと言であっという間に掻《か》き消される。

「なあ……この中に、こんだけ長い髪のヤツおるか」

いなかった。


翌日、宿の女将《おかみ》に昨日の出来事を告げると、「ああ、立江寺さんかあ、帰る前にきちんとお詫びしい」と笑われた。

帰るまでの日参が幸いしたのか、その後はとりたてて怪しい事も起きなかったそうだ。


【立江寺《たつえでら》】

四国八十八番霊場の第十九番にあたる札所。聖武天皇の勅願寺であり、七四七年に延命地蔵尊を本尊として開基されたと伝えられている。一七一八年、お京という女が駆け落ちした男と共に立江寺を訪れた際、その髪が逆立ち、鐘の緒に巻きついてしまった。驚いた住職が訳を訊《たず》ねると、お京は男と共に夫を殺した事を白状し、懺悔《ざんげ》のために巡礼している旨を打ち明けた。告白が終わるや黒髪は肉もろとも剝《は》がれたという。その後ふたりは出家して近くの山へ庵《いおり》を結び、地蔵尊を拝んで生涯を終えた。肉付きの髪が絡んだままの緒は一八〇三年に堂を建てておさめられ、現在も境内の「黒髪堂」で見る事ができる。

いぬがみ　香川県

知人にKというフリーライターがいる。たまたま席をともにした宴で、同郷と発覚して以来の腐れ縁である。その彼から、電話で相談を受けた。

「実は今度、犬神憑《つ》きの取材で香川へ行くんだが、何処か面白い場所は知らないか」

聞けば、新聞や経済誌への寄稿だけでは食べていけなくなったために、怪しげな雑誌の記事も請け負うようになったのだという。そのひとつとして、西日本に伝わる信仰「犬神憑き」を特集したルポルタージュを考えているのだと彼は告げた。

「人を〝うさんくさい話ばかり書いて〟と莫迦《ばか》にしていたくせに、自分もそれでおまんまを食おうというのか。ずいぶん思い切った路線変更だな」

そんな軽口を叩《たた》きつつ、私は「今回の取材は止したほうがいい」と忠告した。

空気が読めないのだ。

自身が生まれ育った東北の土俗風習であれば、その「距離感」が解る。今も人々に篤く信仰されているのか、それとも形骸《けいがい》化してしまっているものか皮膚感覚で読み取れる。だが、西日本となれば話は別である。東北の人間にとって西は「異界」なのだ。文化も習俗も、それらを培ってきた思考も、我々の中にはない。どれだけネットを検索し文献を紐解《ひもと》いたとしても、それは所詮《しょせん》「知識」や「情報」である。土地が孕《はら》んでいる「空気」とは程遠いのだ。

過信して踏みこむのは危ない。「見えざる禁忌」に触れてからでは、遅い。

そんな私の言葉を、Kは大声で笑った。

「おい、平成だぞ。二十一世紀だぞ。いくら何でも生命を脅かされるという事もあるまい。むしろ、その非科学的なタブーの奥にある真実をオレは見つけたいんだよ」

いかにもノンフィクションライター出身らしい台詞《せりふ》に、私は返す言葉を持たなかった。

それが、半年前の話になる。

先日、東京で久々に彼と再会した。

生ビールのお代わりと焼き鳥を注文しながら、ふと「犬神憑き」の件を思いだした私は、彼に進捗《しんちょく》を訊《たず》ねた。

「ああ、あれは残念ながらナシだ」

さして残念そうでもない口ぶりで、彼がジョッキを飲みほす。

「おお、ようやくお前も忠告を聞き入れるようになったか。ずいぶん成長したな」

茶化す私を一瞥《いちべつ》してから、Kはぼそりと呟《つぶや》いた。

「香川には行くつもりだったんだよ。荷物も準備して、いよいよ明日から出発だって夜に、宿泊先の電話を登録しておこうと思って携帯電話のアドレス帳を開いたんだわ。そしたら」

登録していた名前が全部「くるな」になっていたよ。

「……念のためにショップで訊《き》いたが、基本的には有り得ない現象だそうだ」

新しく運ばれてきたジョッキを見つめたまま、Kは青い顔で黙りこくっている。

私もそれ以上は何も聞かなかった。知ろうという気も、なかった。

【犬神】

西日本を中心に伝わる民間習俗「犬神」は現在も一部地域では根強い信仰が残っているという。戸口に高名な神社のお札や花火の殻など「犬神除け」を吊るす集落も近年まで存在した。徳島県三好市の賢見神社《けんみじんじゃ》は、犬神を落とす日本唯一の神社として知られている。また、香川県と隣県との県境に位置する集落には犬神神社と呼ばれる神社があり、境内は女人禁制となっている。豊嶋泰國《とよしまやすくに》『憑物呪法全書』によれば、塩飽《しわく》諸島には、島の人間が柄杓《ひしやく》で水を汲《く》もうとしたところ柄杓の中に犬神が入ってきたので、瓦《かわら》を立てて犬神を祀ったという伝説が残っている。

汽笛

高知県

Dさんという二十代の男性から聞いた話である。

その晩、彼は隣県に住むガールフレンドを送るため、県境の山道を車で走っていた。十二時頃であったという。

眠気と闘いながらハンドルを握っていると、助手席で寝ていたはずのガールフレンドが突然むくりと起きあがって、カーラジオのボリュームをオフにした。

「悪い、うるさかったか」

彼の言葉に、ガールフレンドは黙って首を振り、「変な音がするよ」と窓の外を指した。首をかしげながらカーウインドウを開けた、その途端。

ふあぁぁぁぁぁぁぁ

笛のような長い音が、真っ暗な森の彼方《かなた》に響いている。

「何だこれ」

「汽笛じゃないの」

「まさか。こんな夜中に、しかも今どき汽車なんて」

笑っていると、再び山の向こうで音が鳴った。

耳を澄ませば、汽笛らしき音に混じって「うあああああ」「きゃあああ」と人の叫ぶ声も幽《かす》かに聞こえている。

ぞっとしてアクセルを目一杯踏みこむと、山道を猛スピードで駆けおりた。

翌朝、家族にその事を告げると、傍らで黙って聞いていた祖母が「昨日は繁藤災害の日やけん」と、静かに手を合わせたそうだ。

【繁藤災害】

一九七二年七月五日、未曽有《みぞう》の集中豪雨によって高知県香美市にある繁藤駅付近の山腹が崩壊し、周辺の民家や構内に停車中だった列車を土石流が直撃した大災害である。家屋十二棟に機関車一両と客車一両が飲みこまれ、前日に生き埋めになった消防隊員を救助していた町職員や消防団員も巻きこまれる形となった。土石流は機関車が川の対岸まで飛ばされるほどの勢いであったという。決死の救出作業がおこなわれたが、最終的には六十名の方が亡くなられた。現在は近くの国道脇に慰霊碑が建てられている。川に転落した機関車は機器がわずかに回収されたものの、今も一部が川底に埋没したままであるという。

通夜堂　愛媛県

Xさんという男性が親戚《しんせき》から聞いた、彼の叔父《おじ》にまつわる話だそうだ。

十数年前、叔父は四国の八十八ヶ所霊場をまわっていた。いわゆる「お遍路」である。何を願ったものかは解らない。別な親戚の話では、どうやらあまり宜しくない筋から金を借りたまま追われており、そのほとぼりが冷めるまでの逃避行であったらしい。

「そういう人を〝職業遍路〟と呼ぶんだそうです」

そのような状況であるから、当然旅館や宿坊など人の目の多いところには泊まれない。結果、彼は貧しい人などを泊める「善根宿《ぜんごんやど》」や、簡易の無料宿泊所である「通夜堂《つやどう》」を、好んで巡っていたそうだ。


旅も半ばを過ぎた、ある日の火灯《とも》し頃。

叔父は愛媛県のとある町を歩いていた。目指していたのはA地蔵の通夜堂である。

このA地蔵、八十八ヶ所の札所には勘定されずに番外地扱いとなっているため、訪れる遍路は他の寺院に比べてはるかに少ない。すなわち通夜堂を利用する人間もあまりおらず、季節によっては独りの場合もある……そんな情報を聞きつけた叔父は、巡礼すべき寺を飛ばしてA地蔵へ向かったのだという。
「歩いている時より他人と寝食を共にしている時のほうが辛かったと叔父は零《こぼ》していた
そうです。そんな精神状態ですから、独りの時間がどうしても欲しかったのでしょう」
木立が茂る道の先に瓦屋根を見つけた時には、陽がすっかりと落ちていた。
周囲に人がいないのを確かめてから、通夜堂へと走る。傍らの地蔵には、目もくれな
かった。
通夜堂の中には、使い古された布団と小さな折りたたみテーブルがあるばかりだった。
「なあに、誰の目も気にせずに過ごせるなら問題ないさ。今夜はゆっくり寝れそうだ」
安堵《あんど》感に口をついて出た言葉は、すぐに覆されてしまう。
眠れなかったのである。
風に揺れる木々のざわめきは、薄いガラス窓を通して通夜堂の中まで明瞭《はっき》りと届いた。
長らくしみついた不安は、そうそう簡単には消えない。結果、叔父は物音がするたび
飛び起きてしまったのだという。
十数回目の目覚めで、彼はいよいよ眠りを放棄した。
布団の上へ胡座《あぐら》をかいて、ぼんやりと真っ暗な窓の外を眺める。
涙が零れた。
自分はいつまで脅えて暮らすのだろう。
いつになったら、この苦しみから解放されるのだろう。

四国を訪れる前には、もしかしたらこの旅で何かしら奇跡が起きないかと淡い期待を抱いていた。だが、もうそんな気持ちにはなれない。

首でも吊って、死ぬか。

畳袈裟《たたみげさ》と呼ばれる帯状の肩掛け袈裟をゆっくり捩《ねじ》って縄を作ると、首にそっと当てて、輪の大きさを確かめた。

境内の杉の木ならば、遠くないうちに他の遍路が見つけてくれるだろう。

よし。

意を決して、畳袈裟を手に表へ向かおうとしたその足が、たたらを踏んだ。

杉木立の手前に、ぼんやり青白く光る人影があった。懐中電灯やヘッドライトではない証拠に、影は身体全体が発光している。

「おばけ」

情けない声を笑うように、光る人影がこちらへ足を進めた。逃げようにも膝《ひざ》が震えて、体勢を変える事すら儘《まま》ならない。ガラス戸に寄りかかったまま目を瞑《つぶ》って、うろおぼえの念仏を唱え続けた。

ふいに、風が止んだ。木立が静かになり、彼方を走る車の音がいっそう遠くなる。いなく……なったのかな。

おそるおそる、祈りながらゆっくり目を開けた。

「ああ」

目の前にいた。

菅笠《すげがさ》を被《かぶ》った男が、触れば届くほどの距離で叔父を睨《にら》んでいた。

叔父と、まったく同じ顔をした男だった。

痣《あざ》のように青黒い顔、充血した目。鼻からは、唇を濡《ぬ》らすように血が垂れている。

嗚呼《ああ》、死ぬと俺はこうなるのか。

そう思った瞬間、意識が遠くなった。


「……そこから何をどうしたのかはよく知りません。とにかく叔父はすぐ四国を発つと故郷へ戻り、死にものぐるいで働いて借金を返したんだそうです」

今では、良き父親として家族を守っていますよ。

そこまで一気に話してから、ひと呼吸置いてXさんは「ただ、解らないんですよね」と首を傾げながら呟《つぶや》いた。

「叔父、今でも二年に一度はお遍路に出かけるんですよ。それほど怖い思いをしたのに、どうしてまた行くのか、いまいち理解できないんですよねえ」

あまりに不思議であったため、彼は当の叔父に一度だけ訊《たず》ねたのだという。

叔父は笑って「あの時の怖さを忘れないようにだ」と答えたそうだ。

【通夜堂】

本来は、仏教において夜通し仏事を勤行するために境内へ設置された堂を指す。これが本来の「通夜」の意味である。

四国においては本文にあるとおり、八十八ヶ所巡礼をおこなう遍路が無料で宿泊できる施設を通夜堂と呼ぶ。布団などの寝具や炊事場が完備された堂もあるという。ちなみに、本文に登場するA地蔵は八十八ヶ所巡礼の番外地となっている。堂の付近には、かつて弾圧され処刑された隠れ切支丹《キリシタン》の供養碑も立っているという。

鬼の待ち受け　大分県

「あの、絶対に叱られると思うんで、身元とかバレないように書いてくださいね」

しつこいほどに念を押してから、B君が語ってくれた体験談である。


一年ほど前、北九州に住んでいた彼は、気まぐれに大分県へ旅行に出かけた。

宇佐八幡《うさはちまん》という由緒あるお宮へ参拝をすませ、何処かで昼食をとろうとガイドマップを見ていた彼は、変わった観光名所を発見する。

鬼のミイラがある寺。

地図を確かめると、場所はさして遠くない。話の種にはうってつけだと、早速くだんの寺を目指して車を走らせた。

長い石段を上って辿《たど》り着いた本堂には、誰の姿もなかった。

声をかけてみたものの返事はない。戸口はがばりと開いていて、仏間のような畳敷の広間が見えている。

お邪魔、しまあす。

心の中で声をかけて堂の中へ入ると、本尊の脇に赤い布がかけられた一角がある。捲《めく》るなり、仰天した。

見た事もない生き物が、口を開けて笑っていた。膝を抱えたその姿は大の大人ほどもあるだろうか。落ち窪《くぼ》んだ眼窩《がんか》と太い葉巻ほどもある歯は、確かに人間の髑髏《どくろ》を思わせる。しかし、これほど巨大な頭骨の人間がいるとはとうてい考えられなかった。

凄《すげ》ぇ、凄ぇ。本物の鬼のミイラだ。B君は静かに興奮した。

やがて、この衝撃を誰かに伝えたいという思いに駆られた彼はおもむろに携帯電話を取りだして、レンズを鬼へ向けたのだという。

境内に置かれた「撮影禁止」の立て札は、彼も目にしていた。しかし、幸いにもこの場所には自分しかいない。

友達に写メで送るくらいなら、うるさく言われないだろ。

勝手な自己判断のもと、彼は携帯電話のシャッターを押した。

「へ」

液晶に映しだされた画像は、いちめん真っ黒だった。

光量が足りないのかな。首を傾げながら画面を覗《のぞ》いていた彼の手から、電話が畳に落ちた。

黒い画面の中に、薄ぼんやりと女性の顔が浮かんでいる。

のっぺりとした顔だちの女は、こちらをまっすぐに睨んでいた。

「もう、すぐに画像を消去すると鬼に土下座して。真っ青になって帰りましたよ」

念のため、戻ってからすぐに携帯電話も買い替えたそうである。

【鬼のミイラ】

大分県宇佐市にある十宝山大乗院の本堂に、厨子《ずし》に入った鬼のミイラが安置されている。座高でおよそ一メートル半、立てば二メートルをゆうに超える大きさであるという。

一九二五年、とある檀家《だんか》が下関市で購入したが、その直後から原因不明の病に見舞われ、一九二〇年代に寺院へミイラを寄贈したとされている（寄贈したのち、檀家の体調は見る間に回復したそうだ）。戦後、九州大学が調査した結果、ミイラの骨は人骨であり、女性のものである事が判明している。

鈴の鳴る餅　福岡県

モデルのSちゃんが幼い頃に体験した、不思議な話である。

当時彼女が暮らしていた家の裏手には、小さな神社があったのだという。訪れる者の少ない神社であったが、時たま境内が賑《にぎ》やかになる事があった。

「それが、変な話でね。きまって我が家にお餅《もち》が届いた時なんです」

彼女の母は福岡市太宰府《だざいふ》の出身だった。そのため、親戚《しんせき》からは年中、太宰府の名物という餅が届いたのだそうだ。そして、その餅が届く時にかぎって、裏手の神社にある鈴が、がらりんがらりん、と鳴り響くのだそうだ。

「でもまあ偶然だろうなと思っていたんです。だって、神社にお餅を供えてるわけでもなかったしね。だから、家族にも餅と鈴の話はしてなかったんですよ」

ある夜、玄関の戸が激しく叩《たた》かれた。

母親と共に出てみれば、いつも宅配便を届けてくれる若い配達員が申し訳なさそうな顔をして突っ立っている。

「すいません。こっちの手違いで、お昼に届けるはずの荷物がこんな時間に……」

しきりに恐縮しながら、配達員が母に荷物を手渡した途端。

がらりん、がらりん。

神社の鈴が、跳ねるようにけたたましく鳴った。

参拝する者などいるはずもない時間である。

その時、はじめて怖くなった。

ところが、脅えるSちゃんから事情を聞くなり、母親はにっこりと笑って「そらそうよ、これは天神さんのお餅やけん。裏の神社も天神さんやき、喜んどっとよ」と言った。

その後、家族の餅を取り分けてから、母と二人で裏の天満宮へお供えに行ったという。

現在、Sちゃんは仕事で福岡に赴いた際は、空港で売られている餅を実家へ送っている。

母からは、翌日にかならず「鈴が鳴ったよ」と電話がかかってくるそうだ。


【梅《うめが》ヶ枝《え》餅《もち》】

全国の天満宮の総本宮とされる、太宰府天満宮の名物。粒餡《つぶあん》を薄めの餅生地でくるんだ和菓子で、梅の焼き印が入っているのが特徴である。

天満宮の祖である菅原《すがわら》道真が大宰府へ左遷されて死んだのち、墓前に梅の枝と餅を供えたのが始まりとされている（牢《ろう》に幽閉されていた道真へ、老女が餅を梅の枝に突き刺して手渡したという説もある）。毎月二十五日は、道真の誕生日と命日（共に二十五日である）にちなんで、よもぎを入れた梅ヶ枝餅が作られているという。

ある丘の上で

熊本県

カメラマンのA氏は、十年ほど前まで奥様の実家がある九州地方に暮らしていた。

これは、その頃の話である。


ある春の午後、彼は熊本県の山間部を愛車のジープで走っていた。

「大手印刷所の依頼でね。来年のカレンダーに社長の郷里を使いたいから、自然の風景をいくつかロケハンしてきてくれと頼まれたんだわ」

向こうからの条件は、「民家や鉄塔などの人工物が入りこんでいない事」。

「これがなかなか難題でさ。人家はともかく鉄塔や電柱はよっぽど山の中へ入らないと消えないんだよ。かと言ってあまり山奥だと藪《やぶ》ばっかりになっちゃうしね」

手頃な風景を求め見知らぬ道を闇雲に走る。気がついた時には、緩やかな丘陵の上に辿り着いていたという。

車から降りて周囲を確かめるなり、おかしな場所だな、と感じた。

眼下に広がるなだらかな斜面には、昔ながらの農家の屋根がぽつりぽつりと並んでいる。なのに、この丘のある一帯だけは人のにおいがしない。農道の轍《わだち》も、営林署の立て看板も、人の気配をうかがわせるものが一切ない。その割に、周辺の草は誰かが手入れをしているかのように揃っている。

漠然とした薄気味悪さをおぼえて、車に乗りこんだ。

「んっ」

何度キーをまわしても、エンジンがかからない。

大事な商売道具だから整備は怠っていないかったし、第一故障するような悪路を走行した記憶もない。不思議に思ったが、動かないものは何ともしようがない。

諦《あきら》めて、何処かの家に助けを求めようと決めた。

「それで、いちばん近い民家を確認しようと丘の上にのぼったんだよ」

丘のてっぺんから真下を見おろす。相変わらず人の気配はなく、風に草が擦れあう音がこだましている。

ぼんやりと穏やかな景色を眺めているうち、A氏は妙な事に気がついた。

丘のあちらこちらに、こんもりと土盛りが点在している。下から観た際には草で隠れて気がつかなかったが、どう考えても自然にできたものとは思えない。ふと足もとを見れば、自分が立っている場所も土盛りの上だった。

どこかで、こんな土が盛られている光景を見た記憶があるなあ。

思い出を探りながら歩きだそうとした途端、激痛が走った。

まるで、釘《くぎ》でも打ちこまれたかのように足首が動かない。靭帯《じんたい》を断裂させた事も、踵《かかと》の骨にひびが入った事もあったが、そのいずれとも異なる痛みだったという。

悶絶《もんぜつ》しながらその場に転がる。同時に、かつて目にした土盛りの光景が何であったか思いだして、彼は二重の悲鳴をあげた。

土葬だ。これは、土饅頭《どまんじゅう》だ。

パニックで呼吸が乱れる。そこらにあるはずの空気が、肺の奥へとうまく届かない。

このまま、死ぬのか。

激痛と過呼吸で気が遠くなった瞬間、

「えっ」

車の運転席に座っていた。

それから一時間ほど呆然《ぼうぜん》としたのち、彼は車を発進させた。

エンジンは、何の問題もなく一発でかかった。

あの丘はいったい何だったのか。知りたい欲求と、知ってはいけないという警告めいた予感が交錯するなか、彼はハンドルを握り続けた。

十五分ほど車を走らせて、ようやく農家の家々が現れてきた頃、彼は道ばたで畑作業にいそしむ老齢の女性を発見する。

駄目でもともとだ、聞くだけ聞いてみるか。

「すいません」

車を降りて身分を名乗り、あの丘について訊《たず》ねた途端、訛《なま》り言葉が飛んできた。

「でけんっ」

剣幕に圧《お》されて口を噤《つぐ》んだA氏を、女性が険しい顔で睨《にら》む。

「あそこは、ウスネギリの〝穴ひとつ〟ったい。昔、あの奥に隠れ切支丹《キリシタン》が住んじょった村があった。ばってん、全員捕まって斬り殺されての。その死んだモンが埋まっとんのが」

あの土盛りったい。

女性の言葉に鳥肌を立てながら、彼は震える声で訊ねた。

「あの奥に……村があったんですか」

行こうという気はなかった。ただ、驚きのあまりオウム返しに訊《き》いただけだった。

しかし、彼がそこを目指していると思ったのだろう。老いた女性は、さらに眉間《みけん》の皺《しわ》を深くさせて、ぼそ、と呟《つぶや》いた。

「もうせんよ(止めなさい)、死ぬよ」


「……結局、カレンダーの話は社長の気まぐれで流れちゃったんだけどさ。かえって幸運だったかもしれないよ。だって」

間違えて村に入ったらどうなっていたものか。

その時の痛みを思いだしたのか、A氏は長々と息を吐きながら自身の足首をさすった。

【臼内切《うすねぎり》】

熊本県南小国《みなみおぐに》町山中にある地名。「臼根切」とも書く。一八五四年、徳川幕府の弾圧から身を隠していた隠れ切支丹の住民六十数名が、一夜にして十二戸すべて惨殺された場所と伝えられている。一説には「神、ゼウスの根を断ち切る＝切支丹を根絶やしにする」との意味でこの名がついたといわれている。現在、臼内切には「千人塚」と呼ばれる十二の塚が残されており、時おりクリスチャンの方が「殉教の地」として訪れるという。ノンフィクション作家・石牟《いしむ》礼《れ》道子《みちこ》氏の『形見の声』には「うすねぎりの塚」と題されたルポが掲載されている。

せんべい　　佐賀県

　都内にお住まいのT子さんという女性からうかがった話である。

　十年ほど前の出来事だそうだ。

「とにかく変わった人、変人でしたね」

　T子さんが「変人」と断言しているのは、彼女の父親、ケンイチさんである。

　ケンイチさんはとある地方の食品会社に勤めていたが、本社にいる事はほとんどなかった。行商に出るのである。

「デパートでたまに物産展とかやるでしょ。父はあの売り子を担当していたんです。全国を回ってはイベントで調理の実演をして、お客さんに売るんですよ。弁の立つ人でしたから、一週間もあれば百万円は余裕で稼げると言っていました」

　なんとも商才にあふれた御仁だが、別に売り方や商品が変わっているのではない。

「お土産がね……変なものばっかりなんです」

　ケンイチさんは、出張から帰って来る毎にT子さんへお土産を買ってきた。しかし、そのいずれもがお札や数珠《じゅず》、お守りなど「抹香臭い」代物であったのだという。

「趣味が寺社巡りだったので、行く先々でお寺や神社を訪ねては買っていたみたいです。亀井ナントカって人の古寺巡礼の本を読んで以来ハマったと、本人は言っていました」

当時T子さんは十代の半ば。人気のスイーツや名産品のフルーツならばともかく、お札や数珠では喜べるはずもない。母親に窮状を訴えてみたものの「お父さん、昔からそんな性格だもの。治らないわよ」と笑うばかりで、まともに取り合ってはくれなかった。

「でもねえ。一度や二度ならまだしも毎回でしょ。おまけに安産祈願とか子宝成就なんて、私にまるで関係ないお守りまで買ってくるんだもの。いい加減ウンザリしちゃって」

ある日、業を煮やした彼女は、父親に「お土産、今度はお菓子とか、キャラクターものグッズだと嬉《うれ》しいんだけど」と伝えたのだという。

「おお、了解了解。キャラクターものお菓子だな」

ケンイチさんは笑顔で答えたが、その安易な返答が、T子さんにはかえって不安に思えたそうだ。

そして、そんな予感は的中してしまう。

「おうい、今度のお土産は凄《すご》いぞお」

五月のある週末。出張を終えて帰宅するなり、ケンイチさんはそう告げた。

「ワガママな娘のリクエストに応えて、ご要望のものを探してきたぜ」

バッグへ手を突っこみながら得意げに笑う父を見て、T子さんは自分を恥じたという。

「忙しいのに、唯一の趣味の寺巡りを後回しにしてまでお土産を買ってきてくれたなんて、と申し訳なく思っていました。まあ……すぐに後悔するんですけれどね」

数秒後、バッグから取り出されたものを目にするなり、彼女の口から「は」と息が漏れた。

ベージュ色をした円盤状のかたまりが三枚。

表面には、禍々《まがまが》しい表情をした獣が描かれている。

「なにそれ」

驚きのあまり抑揚のない台詞《せりふ》を零《こぼ》すT子さんへ、ケンイチさんは「化け猫せんべいだ」と微笑んだ。

「出張先の佐賀に、化け猫供養で有名なお寺があったんだ。そこの名物なんだよ。本当なら一枚しかくれないところを、頼みこんで三枚も譲ってもらったんだぞ」

どうだと言わんばかりの表情で、ケンイチさんがせんべいを手渡す。まじまじと見つめると、せんべいのイラストは確かに無数の尾を生やした猫だった。

「どうだ、お望みのキャラクターがプリントされたお菓子だ。レアものだから、大事に……」

「馬鹿じゃないの」

思わず声を荒げて、T子さんは空気の読めない父親の言葉を遮った。

「結局お寺行ってんじゃん。なんなの、この気味の悪いイラスト」

「いや、それは猫塚に彫られた絵をプリントしたもので、住職も霊験あらたかだって……」

「そういう事を聞いてるんじゃないッ。どうしてもっと可愛いものを買ってきてくれないの。年頃の娘が化け猫せんべいで喜ぶわけないでしょ」

あまりの剣幕に割って入ろうとした母親を押し戻して、T子さんは言葉を続けた。

「そもそも、こんなキモくてしみったれたお菓子が霊験あらたかなワケないじゃん。いつも買ってくるお札や数珠だって、どうせ騙《だま》されて買ってるんでしょ」

「いや、どれもちゃんと謂《いわ》れを聞いて、確かなものを……」

「じゃあ証明してよ。このおせんべいにどんな効き目があるのか、証明してよッ」

狼狽《ろうばい》する父親へ真っ赤な顔で歩み寄った、その瞬間。

にゃあ。

猫の声が、部屋の中に響いた。

声は、せんべいを握ったままの手許《てもと》から聞こえたという。

「もちろん、ウチでは猫なんて飼ってないんです。もう大パニック。いちばん慌ててたのは父でしたね。〝今から佐賀へお祓《はら》いに行ってくる〟と出かけるところを、母と二人で必死に止めました」

翌朝、T子さん一家はせんべいを近くの寺に持参して、供養を頼んだ。

話を聞き終えた住職は笑いながら「まあ、からかわれたんでしょう。食べるのがいちばん供養になりますよ」と、せんべいを受け取らなかった。

「しょうがないので、私と両親で一枚ずつ食べました……ええ、美味《おい》しかったです」

霊験に恐れをなしたのか、はたまた娘の剣幕にひるんだのか、その日以降ケンイチさんは出張先で地元の銘菓を買ってくるようになったそうである。

【化け猫騒動】

佐賀藩の藩主である鍋島《なべしま》光茂は、碁の相手を務めていた臣下の又七郎に腹を立て斬殺してしまう。又七郎の母は飼い猫に怨《うら》みを告げて自害。その血を嘗《な》めた猫は化け猫と化し、夜な夜な光茂を苦しめた。やがて猫は忠臣の千布本右衛門によって退治されるが、そののち本右衛門の家は男子に恵まれず、七代目の当主が「これは猫の怨念《おんねん》によるものでは」と思い、七尾の猫を掛軸に描き弔ったという。

杵島《きしま》郡白石町にある秀林寺には、この猫を弔った「猫塚」があり、七尾の猫の姿が彫られている。本堂へお参りをすると、運が良い場合には化け猫せんべいがもらえるそうだ。

存在確認　宮崎県

Jさんは九州を中心に活動する、ベテランのツアーコンダクターである。

「最近は旅の傾向も変わりましたね。以前はグルメか温泉が必須《ひっす》だったんですが、最近はスピリチュアルブームというんですか、パワースポット巡りが大流行ですよ」

彼によれば、そんなパワースポット巡りの一番人気が「宮崎」なのだという。

「日本神話の舞台ですからねえ。逆さまの矛が刺さっている高千穂峰や、ご来光が拝める国見ヶ丘、なかでもとりわけ人気なのは、日本神話の名場面、天岩戸《あまのいわと》ですかね」

そんな「神々のふるさと」を巡っていた際、彼はすこし不思議な体験をしたそうだ。

県外からの観光客を大型バスで運ぶ「スピリチュアルツアー」であったという。

「こういう言い方は失礼ですが……その手のツアーって他に比べると、ちょっとエキセントリックな方が多いんです。波動を感じちゃったり、霊障にあてられちゃったり」

その日のツアー客も、すくなからず「そっち系統」の人物が交じっていた。

突然窓の外を指し「今、龍神《りゅうじん》がすれ違いました」と微笑む婦人。集合時間になっても「神様がまだ居なさいって言うんです」と境内を動かない女子大生などなど。

「まあ、そのあたりはまだ害がないんですよ。好き勝手に喋《しゃべ》って満足してるだけだから。問題は、他の人にケチをつけるタイプでしてね……いたんです。一人」

コバヤシさんという中年女性だった。

彼女はどうやら「自分がこの中でいちばん霊力が高い」と自負していたようで、事ある毎に他のツアー客へ難癖をつけて絡んだのだという。

境内の御神木に手を合わせている女性の首根っこを摑《つか》み「こんなの意味ないわ。本当のご神木はこっち」と、傍らに生えているひょろひょろの若木を無理やり拝ませる。

お守りを買い求めようとする男性には、「アンタが選んじゃ却って災厄を招くだけよ、アタシに任せなさい」と、欲しくもない安産祈願のお守りを五個も六個も買わせる。

初日だけで、Jさんのもとには二桁《ふたけた》に届かんばかりのクレームが舞いこんだ。

「本人に言っても〝あの人たちは力がないから、アタシのパワーに気づかないのよ〟と、聞く耳を持ってくれないんです。いやあ、本当に参りましたよ」

このままでは、何処かで大きなトラブルになるのではないか。

懸念は、早くも翌日に現実となる。


二日目の行程は、天岩戸神社とその近くにある天安河原《あまのやすかわら》だった。

東西ふたつのお宮へ参拝を済ませ、神々が協議を重ねたとされる天安河原へ降りると、ツアー客から声があがった。

せせらぎがこだまする河原の中央には石鳥居がそびえ、その周囲を塔のように積まれた無数の小石が埋め尽くしている。霊感の有無にかかわらず、訪れた者を一様に感激させる、そんな荘厳な雰囲気が天安河原には満ちていた。

「いやあ、ここは本当にパワーが凄《すさ》まじい」

「弱い人が来ちゃったら、かえってやられちゃうかもしれませんね」

「あっ、今龍神が通りましたよ」

皆が口々に賞賛するなか、たった一人、不貞腐《ふてくさ》れた顔で立ち尽くす人間がいた。

コバヤシさんである。

「実は彼女、直前に訪れた天岩戸神社で、他のツアーのお客さまから〝境内で騒ぐな〟と叱られていたんですよ。たぶんその事を根に持っていたんだと思います」

やがて、ずかずかと拝殿へ歩み寄ると、彼女は全員に向かって高らかに宣言する。

「アンタたち、こんなインチキも見抜けないのッ。ここにあるのは単なる石っころよッ。ここに神さまなんか一人だっていやしないんだからぁッ」

絶叫を終えたのと、ほぼ同時だった。

ばらっ、ばらばらばらっ。

トタンを雨が打つような、軽い音が響き渡った。

「コバヤシさんが身につけていたお数珠《じゅず》、全部ちぎれちゃったんです」

全員が唖然《あぜん》とするなか、コバヤシさんが転がった数珠を拾いながら、ぽつりと漏らした。

「いたみたい」

「まあ、その後は彼女、最終日までほとんど口をきかなくなっちゃって。こっちとしては楽ではありましたが……ちょっぴり可哀想な気もしましたねえ」

まあ、神さまってのも、なかなかどうしておっかないもんですよ。

しみじみと頷きながらJさんは目を瞑《つぶ》ると、ぽん、ぽん、と軽く柏手《かしわで》を打った。

【天安河原】

宮崎県高千穂町にある、「日本神話」に登場する川。天照大神《あまてらすおおみかみ》が岩戸へ隠れた折、神々が集まったとされている。河原の中央には「仰慕窟《ぎょうぼがいわや》」と呼ばれる洞窟があり、「多くの願いが叶う」と戦後から無数の石が積まれるようになった。

高千穂町には天安河原のほかにも、木花開耶姫《このはなさくやひめ》が、抱きついてお産をしたとされる、災いが起こると泣く「夜泣き石」や、鬼八という鬼の首が埋められている「鬼八塚《きはちづか》」などがある。高千穂神社では鬼八の御霊を鎮める神事「猪掛祭《ししかけまつり》」が毎年おこなわれており、これが神楽の原型ともいわれている。

すすりなき

長崎県

Bさんが中学校の頃、父の仕事で長崎に住んでいた時の出来事だそうだ。

その夜、彼は自宅を目指して懸命に自転車を漕《こ》いでいた。同級生の家でテレビゲームに熱中してしまい、母親と約束した帰宅時間を大幅に超過してしまっていたのだという。と、振りおろされる拳骨《げんこつ》を想像しながら必死でペダルを漕いでいた彼の耳に、妙な音が届いた。

うう、うう。

嗚咽《おえつ》のような音は、道の脇に長々と続く塀の奥から聞こえている。

泣き声、だろうか。

首をひねっているその間も、音は絶える気配がない。

塀向こうには大きな寺院があった。入った事はないものの、石段が続く山門前は何度も通り抜けている。当然ながら、この時間ともなれば参拝客などいないはずだった。

夜の寺で泣き声なんて、勘弁してくれよ。

いっこうに止まない音に向かって呟《つぶや》いた瞬間、ある事に気がついた。

自分はひたすら自転車を漕いでいる。なのに、どうして音は聞こえ続けているのか。
ぞっとして、思わず自転車を止めた途端。

うううううあああああ。

傍らを、泣き声だけが通り過ぎていった。

後日、テレビゲームをした同級生に不思議な音を聞いたと伝えたところ「あそこのお寺は、南蛮井戸があるからなあ」と言われた。
以来、Bさんは帰り道に別のルートを選ぶようになったそうだ。

【南蛮井戸】

長崎市の西坂町《にしざかまち》には、かつて聖ジョアン・バプチスタ教会とサン・ラザロ病院が建っていた。しかし、豊臣秀吉によってキリスト教が禁止されると教会にも火が放たれ、信者はロザリオを握ったまま井戸に投身して命を絶ったという。その後、本蓮寺《ほんれんじ》が建てられると、井戸の隣にある部屋からすすり泣くく声が聞こえると評判になった。噂を聞いた若い僧侶《そうりょ》が怪異を突き止めたもものの、高熱を出して亡くなってしまったそうだ。のちに井戸は原爆で涸《か》れてしまい、その跡だけが現在も本蓮寺に残されている。

白い荷の女

鹿児島県

奄美《あまみ》大島《おおしま》出身の男性、Kさんからうかがった話である。


十代最後の夏、彼は内地から遊びにきていた女性と知り合いになった。

「平たく言うとナンパしたんさ。駄目もとで声をかけたら、その子もまんざらじゃあない雰囲気でね。ラッキー、って内心飛び跳ねたよ」

若い盛りとあって、あわよくばという気分もあった。とはいえ地元では知った顔も多く、あまり目立った行動をするとたちまち噂になってしまう。先輩の中には軽薄な行動をよく思わない連中もいたから、できれば見つからないようにする必要があった。

そこで彼は、多くの観光客が集まる海水浴場を避けて、やや離れた場所にあるHという浜へ女性を誘ったのだという。

他の海岸が砂浜であるのに対し、Hには丸い小石が敷き詰められている。砂浜のように寝そべりにくいため訪れる人間は多くないだろうと考えたのである。

果たして予想は大当たりだった。

夕暮れ時なのも手伝い、人の姿はまるで見あたらない。さっそく浜辺の手前にある芝生へ腰をおろし、ロマンチックなお喋《しゃべ》りに興じはじめた。

「どのタイミングでどうやって服を脱がそうか、そんな考えで頭がいっぱいだったね」

と、機をつかめぬまま一時間ほど経ったころ、ふいに女性が浅瀬の方角を指した。

「ねえ、あれなあに」

夕暮れの波打ち際を、リュックのような白い荷を背負った人影が歩いている。

海水浴客にしては様子がおかしい。そもそも、こんな時間に泳ぐ人間はいない。

「自殺じゃないよね」

彼女の言葉に、Kさんは驚いて立ちあがった。

「ねえ、声かけてみなよ」

「な、何て言えばいいのさ」

「そんなの自分で考えてよ、男でしょ」

小声で揉《も》めていたその最中、ふと、女性の表情が強張った。

「なんで、あしおと」

その台詞《せりふ》で、気がついた。

小石だらけの浜を歩いているのに、どうして足音がしないのか。

おそるおそる、海へ視線を向ける。

「うわッ」

浅瀬に腰まで浸かった女が、白い袋を背負ったままこちらを睨《にら》んでいた。

後ろから何度も波を被《かぶ》っているのに、髪がまるで濡《ぬ》れていない。射竦《いすく》めるようなまなざしは、白目の部分が真っ赤に血走っている。

半ば腰を抜かして、這《は》いずりながら車まで戻った。

「奄美の言葉で言うなら、ちゃびんぎい、あっという間に逃げたのさ。女の子も怖がっていたけど、普通にすたすた車までやって来てね。いやあ、格好悪かったなあ」


家へ帰ると、祖母が彼を見るなり頭をはたいた。

「オナグ（女）と何しとった」

家から浜まではずいぶんと距離があるから、家族や親戚《しんせき》の誰かに見られたはずはない。

不思議に思って訊《たず》ねたKさんへ、祖母は「さっき、部屋が、ぷうん、と焦げ臭くなった。あれは家の誰かがイマジョと会った印だ」と言って、もう一度彼を殴りつけた。

「その時はじめて、島に伝わる〝イマジョ〟という幽霊の話を知りました」

よほど恐ろしかったのか、その日以来彼はあの浜に近づかなくなったという。


【イマジョ】

奄美大島に伝わる幽女。漢字で「今女」と書く。その昔、ある家に美しい奉公人の女が居た。しかし、彼女の美しさに嫉妬《しっと》した主人の妻に酷い虐《いじ》めを受け、焼け火箸《ひばし》で女性器を刺され殺されてしまった。以来、女性は怨霊《おんりょう》となり、今もさまよっているのだとされている。

現在も一部ではイマジョの存在が信じられており、その名前を口にするのも厭《いと》う住民が少なくないという。他にも奄美大島には「ケンムン」や「ヒーヌムン」と呼ばれる妖怪《ようかい》の伝承が存在する。沖縄のキジムナーやカッパとの関連性も指摘されるが、横恋慕しようとして殺された男の死霊がケンムンになった、という伝説も残っている。

スライド　沖縄県

某県の旅行代理店に勤める、Tさんよりうかがった話である。

数年前の夏、彼は沖縄県へのツアー旅行にスタッフとして参加した。

「地元テレビ局が主催の夏休み企画でね。小学生を客船で本島へ連れていき、現地の子と交流するというものでした。人数が確保できるから、ウチとしてもおいしい企画なんです」

彼の役割はカメラマン。旅行中の子供らを撮影し、主催テレビ局のホームページや、パンフレットに掲載する素材写真を確保するのが目的であったという。

「撮影といっても資料的意味合いが強いものでしたからね。やれ、アングルがどうだとか露光がどうしたとかあまり考えなくてもいいんです。気楽な心持で出発しましたよ」

事実、沖縄へ到着してから二、三日は平穏な日々だった。

ビーチで戯れる笑顔や水族館の巨大なサメに驚く様子。土産物屋での楽しいひとコマに郷土芸能を鑑賞している真剣なまなざし。子供たちの撮影は、問題なく順調に続いた。はじめて来たけれど、人も気候ものんびりして良いところじゃないか。

そんな考えは、最終日を目前に大きく変わる。

出発を翌日に控えた午後、一行は本島南部にある糸満市《いとまん》を訪れた。空焚《からだ》きの鍋《なべ》を覗《のぞ》きこんだような、吹く風さえも暑い日だったという。

「目的地は、ひめゆりの塔でした」

ひめゆりの塔とは、第二次大戦の沖縄戦において亡くなった、沖縄師範学校女子部および県立第一高等女学校の生徒と教員の慰霊碑である。戦後間もなく、死者の魂を慰めるために建てられたもので、現在も沖縄戦の象徴的な存在となっている。

「一応は文化交流ですからね。そういう〝おカタい〟場所にも行かにゃならんわけです。まあ、子供たちも私らも、しぶしぶ足を向けたというのが正直なところでしょうか」

そのような態度であったから、現地ガイドの説明もほとんど耳に入ってはいなかった。話に聞き入る子供たちのショットを二、三枚撮影して、抜き足でその場を離れた。

ま、気持ちは解るけど、そんな昔の終わった事を引きずってもねえ。

斜に構えた独り言を漏らしつつ周囲をぶらついているうち、彼は視線の先に公共施設とおぼしき建物を見つけた。看板には「ひめゆり平和祈念資料館」と書かれている。

資料館なら涼しいかもしれないと、気楽な気持ちで向かった。

館内は予想以上に、ひんやりとしていた。

「いや、冷房が効いているとかじゃないんです。何と言うか、空気が悲哀を含んでいる、と説明すれば解ってもらえるでしょうかね」

展示されている内容は、沖縄戦に興味のない彼ですら息を呑《の》むものだった。

青春のただなかであった女学生たちが、戦火へと否応なしに巻きこまれるまでの経緯が時系列で並べられている。館内に流れる唱歌、「ふるさと」が、ひたすら悲しかった。

だが、この期に及んでも、Tさんは不遜《ふそん》な態度を曲げようとはしなかった。憐憫《れんびん》の情にほだされたような振る舞いが、どうにも恥ずかしく思えたのだそうだ。

やがて、わざと興味のない素振りで館内をまわるうち、彼は「第四展示室」というプレートの貼られた部屋へと辿《たど》り着く。

「入った瞬間、絶句しました」

亡くなったひめゆり部隊の遺影が、黒い壁いちめんに飾られていた。

一枚一枚の写真には、その人の暮らしぶりや性格を記した言葉が一行だけ添えられていた。嗚呼《ああ》、この人たちはすべて生きていたのだと、その時はじめて実感が湧いた。

じっと注がれる無数のまなざしにひるみつつ、彼はすっぱな態度を崩さなかった。

「はい、笑って笑って。あ、無理か」

冗談めかした口調で部屋全体をパチリと撮影し、Tさんは資料館をあとにする。

異変は、その夜に起こった。

「最後の夜という解放感に加え、昼間の陰鬱《いんうつ》さを忘れたい思いもあったんでしょう。ずいぶん飲んじゃったんです。オリオンビールを十本近く空けていたかなあ」
したたかに酔ってホテルのベッドへ転がりこんだのは、午前二時。
ま、色々あったけど、楽しい旅だったよ。
独りごちて、寝床へ大の字になったまま目を閉じる。
かちゃり。
スライドのような音が耳の奥で聞こえた途端、瞼《まぶた》の裏に顔が浮かんだ。
知らない男の顔だった。
「うわっ」
驚いて目を開けたが、部屋は数秒前と変わらず真っ暗なままである。
よ、酔っているからだ。飲みすぎて、妙な幻を見たに違いない。
自分を無理やり納得させて、再び目を瞑《つぶ》った瞬間。
かちゃり、かちゃりかちゃり。
再び、別な男女の顔が立て続けに大写しで飛びこんできた。
顔は機械的な音とともに、数秒で次々と入れ替わっていく。抗《あらが》おうにも、いつの間に
か身体は動かなくなっていた。
やがて、何人目かの顔が視界いっぱいに飛びこんできた瞬間、腕に鳥肌が立った。
知った顔。つい数時間前に目撃した、悲しみをたたえた表情。
「あの展示室で見た、ひめゆり部隊の遺影でした」

館内では部屋全体を撮影しただけで、一人一人の顔などほとんど記憶に留めていない。ならば、これは何なのか。どうして自分は彼ら彼女らの顔を憶《おぼ》えているのか。目の前の顔に脅えながら考えるうち、はたと気がついた。

憶えていたのではない。

遺影の人々が、憶えていてほしいとやって来たのではないのか。

そう確信した瞬間、先ほどまでの怖気《おぞけ》がきれいに消えた。

瞑った目に力をこめて、Tさんは入れ替わる顔を見つめ続けた。まなざしを逃さぬよう、彼らをひたすら凝視した。

最後の一人が消える頃には、すでに窓の外が明るくなっていたという。

「……どうしても真偽を確かめたくて、翌年も自腹で沖縄に行きましてね。一日かけて資料館を見ましたよ。展示室に飾られていたのは、やっぱりあの夜に見た顔ばかりでした」

いや、まさか死者に教わる日が来るとは思いませんでした。

照れくさそうに微笑みながら、Tさんは話を終えた。

現在も彼は毎年沖縄に通っている。今年で、十年目になるという。

【沖縄の幽霊】

沖縄では幽霊は「ユーリー」と呼ばれており、有名なものに「真嘉比道《まかんみち》の逆立ち幽霊《ユーリー》」がある。夫の猜疑心を晴らすために自らの鼻を削ぎ落とした妻が、夫の浮気を知って憤死したのち化けて出るようになった。困った夫は「死体の足を動かないようにすれば化けて出られまい」と考え、墓を掘り起こすと妻の遺体の足を釘で棺桶に打ちつけてしまう。ところがその夜から、妻は逆立ちをした格好で出現し、最後は夫を呪い殺してしまうという物語である。この話に代表されるように、古くから伝わる沖縄の幽霊譚には男女の色恋が絡むものが多い。翻って近年では、本作のように戦争にちなんだ怪談が数多く語られている。小原猛『琉球怪談　七つ橋を渡って』には、南城市にある自然洞穴の避難指定壕《あぶちらがま》、糸数壕で起こった怪異が記されている。

本書は書き下ろしです。

全国怪談《ぜんこくかいだん》　オトリヨセ

黒木《くろき》あるじ

角川ホラー文庫　18779

平成26年９月25日　初版発行
令和５年９月30日　５版発行

発行者――山下直久
発　行――株式会社KADOKAWA
〒102-8177　東京都千代田区富士見2-13-3
電話 0570-002-301（ナビダイヤル）
印刷所――株式会社KADOKAWA
製本所――株式会社KADOKAWA
装幀者――田島照久

本書の無断複製(コピー、スキャン、デジタル化等)並びに無断複製物の譲渡および配信は、著作権法上での例外を除き禁じられています。また、本書を代行業者等の第三者に依頼して複製する行為は、たとえ個人や家庭内での利用であっても一切認められておりません。

定価はカバーに表示してあります。

●お問い合わせ
https://www.kadokawa.co.jp/（「お問い合わせ」へお進みください）
※内容によっては、お答えできない場合があります。
※サポートは日本国内のみとさせていただきます。
※Japanese text only

©Aruji Kuroki 2014　Printed in Japan

ISBN978-4-04-102608-3 C0193

角川文庫発刊に際して

角川源義

第二次世界大戦の敗北は、軍事力の敗北であった以上に、私たちの若い文化力の敗退であった。私たちの文化が戦争に対して如何に無力であり、単なるあだ花に過ぎなかったかを、私たちは身を以て体験し痛感した。西洋近代文化の摂取にとって、明治以後八十年の歳月は決して短かすぎたとは言えない。にもかかわらず、近代文化の伝統を確立し、自由な批判と柔軟な良識に富む文化層として自らを形成することに私たちは失敗して来た。そしてこれは、各層への文化の普及滲透を任務とする出版人の責任でもあった。

一九四五年以来、私たちは再び振出しに戻り、第一歩から踏み出すことを余儀なくされた。これは大きな不幸ではあるが、反面、これまでの混沌・未熟・歪曲の中にあった我が国の文化に秩序と確たる基礎を齎らすためには絶好の機会でもある。角川書店は、このような祖国の文化的危機にあたり、微力をも顧みず再建の礎石たるべき抱負と決意とをもって出発したが、ここに創立以来の念願を果すべく角川文庫を発刊する。これまで刊行されたあらゆる全集叢書文庫類の長所と短所とを検討し、古今東西の不朽の典籍を、良心的編集のもとに、廉価に、そして書架にふさわしい美本として、多くのひとびとに提供しようとする。しかし私たちは徒らに百科全書的な知識のジレッタントを作ることを目的とせず、あくまで祖国の文化に秩序と再建への道を示し、この文庫を角川書店の栄ある事業として、今後永久に継続発展せしめ、学芸と教養との殿堂として大成せんことを期したい。多くの読書子の愛情ある忠言と支持とによって、この希望と抱負とを完遂せしめられんことを願う。

一九四九年五月三日

全国怪談 オトリヨセ

恐怖大物産展

黒木あるじ

日本全国のご当地怪談実話が集結！

怪談とは、その土地が持つ記憶の断片なのかもしれない——。北海道のトンネル内で友人が叫んだ言葉の意味。福井県沿岸に浮かぶ島の神社へ不埒な目的で立ち入ったカップルの末路。滋賀県の琵琶湖付近に突如出現した巨大な建造物。愛媛県の放蕩息子が道を踏み外さなかった理由。沖縄で生まれ育った祖父の法要中に起きた怪異を収束させた物。全国47都道府県で収穫した怪談実話を産地直送でお届けする、世にも奇妙な見本市！

角川ホラー文庫

ISBN 978-4-04-103378-4

横溝正史 ミステリ＆ホラー大賞

作品募集中!!

「横溝正史ミステリ大賞」と「日本ホラー小説大賞」を統合し、
エンタテインメント性にあふれた、
新たなミステリ小説またはホラー小説を募集します。

大賞 賞金300万円

《大賞》

正賞 金田一耕助像　副賞 賞金300万円

応募作品の中から大賞にふさわしいと選考委員が判断した作品に授与されます。
受賞作品は株式会社KADOKAWAより単行本として刊行されます。

●優秀賞

受賞作品は株式会社KADOKAWAより刊行される可能性があります。

●読者賞

有志の書店員からなるモニター審査員によって、もっとも多く支持された作品に授与されます。
受賞作品は株式会社KADOKAWAより文庫として刊行されます。

●カクヨム賞

web小説サイト『カクヨム』ユーザーの投票結果を踏まえて選出されます。
受賞作品は株式会社KADOKAWAより刊行される可能性があります。

対象

400字詰め原稿用紙換算で300枚以上600枚以内の、
広義のミステリ小説、又は広義のホラー小説。
年齢・プロアマ不問。ただし未発表のオリジナル作品に限ります。
詳しくは、https://awards.kadobun.jp/yokomizo/でご確認ください。

主催：株式会社KADOKAWA